東京ゴースト・シティ

バリー・ユアグロー　柴田元幸 訳

TOKYO GHOST CITY
Barry Yourgrau
Translated by Motoyuki Shibata

新潮社

東京ゴースト・シティ　*　目次

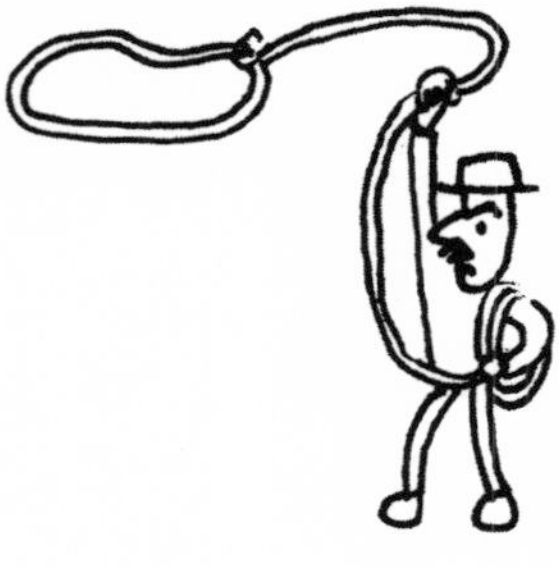

文人にして翻訳の達人、わが同志の柴田元幸に。

東京ゴースト・シティ

序

　この本で描かれる東京は、私が滞在した期間の経験と印象に基づいている。当初、滞在は一か月、あるいはもう少しという予定だった。私のガールフレンドのコジマはフードライターであり、彼女が執筆中の、国際的な食べ物に関する本のリサーチのために私たちは東京を訪れたのだった。私たちはニューヨークの住人である。私は小説家で、嬉しいことに、私の作品の多くが日本語に訳されている。

　この本に記されていることの大半は、現実の出来事や事実に基づいている。私たちが東京で住んだアパートメントは、驚くべきことに事実東京タワーのほぼ真下に位置していた。国際文化会館でのイベントで、多彩な才能の持ち主川上未映子との対話を楽しみ、コジマと二人で会館に一泊した。急診で歯医者に駆け込んだのも本当だ。反-近藤麻理恵主義者で、東京のライフスタイルとローカルチャーの記録者都築響一とも本当に知りあい、「渋谷残酷劇場」と題した、有名なフランス映画音楽と縁の深いギャラリーで開かれたカラフルな写真・映像展も見に行った。コジマと二人で、爪にマニキュアを塗ったラヲタガイジンと一緒にラーメン屋をはしごし、もうもうと煙の立つガード下でサラリーマンたちに交じって焼き鳥を貪り食った。むろん、古いオフィスビルの地下で大量の日本酒と若干のウイスキーを立ち飲みしたし、銀座のアール＝デコ風ビヤホール「ライオン」でビールも堪能した（ホッピーは一度だけだが）。静まりかえった妖しい月光の下、二人で増上寺の境内をさまよったのも事実。憂いを帯びた気分を抱え、あの巨大な博物館で、ミニチュア化された江戸の街にも出会った。そして、悼むような気持ちで、最終章を迎えた築地市場にも出かけていった。

そして、ほどなく開催されるはずのオリンピックが私たちの日々にのしかかり、都市全体にのしかかっていた。

読んでいただけばわかるとおり、一連の記述は現在形になっている。いま・ここの現実が、まさに目の前で起きる時制だ。だがそれは、夜ごと私たちの内なる映画館で夢がくり広げられる時制でもある。現実離れしているのに、ものすごく生々しい夢また夢。私たちの滞在は二〇一九年春に始まった。さっき言ったとおり、滞在予定は一か月かそこら。だが誰もが知るとおり、予定はあくまで予定。夢中になっていると、いつしか変わってしまう。私たちのように、東京の魔法にかかってしまえば、時が過ぎることなど気づきはしない。何時間、にとどまらず、何日も……何週間も……何か月も。もうひとつ言えるのは、自分の経験について書くつもりなんてなかったということ。けれどそれも変わっていったことがおわかりになるだろう。

そして、世界が徐々に変わっていくことも。私たちが東京に着いたとき、世界は無邪気だった。地平線に控えていたのは、すでに言ったとおり、オリンピックだった。じきに危険と感染の不吉な影が物事を覆いつくし、光の縁を暗く染めるなどと、私たちには知る由もなかった……。

で、幽霊は？　もしかしたらそれは、東京の並外れた文化と歴史の濃密さが、貴も賤も絡みあわせて立ちのぼり、コジマと私の前に人の姿をなして現われたのかもしれない。あるいはそれは、日本酒の飲み過ぎだったのかもしれない。それとも、訪問者によっては、夢中になると亡霊たちの語りに――あるいは歌に――敏感になるのかもしれない。

あるいは、訪問者をダシにしたジョークに。

その1　オヤジギャグの華

私たちは東京に着く。ガールフレンドのコジマと私にとって、ほぼ十年ぶりの東京だ。私たちはワクワクしている。一か月か、もう少し長く滞在する予定だ。

真っ先に、地下鉄に乗って上野公園に行く。ギリギリ桜の季節。私たちは公園に駆け込む。イエス！　まだ何本かは満開！　嬉しくて、二人とも思わず声を上げる。枝にあふれるピンクの花は、綿菓子とケーキのアイシングの恍惚たる炸裂。自然が噴火して、砂糖に狂ったデザートの乱舞と化したかのよう。

そりゃあ私たちの住むニューヨークにも桜の季節はある。でもここみたいに、花見客が青いシートに座り込んで、咲き乱れた枝の下で飲んだり食べたり笑ったりなんてことはない。ガールフレンドと私は、ニタニタ笑い、ほれぼれと眺めながら、公園をそぞろ歩く。私たちの初東京花見。

「ねえ見て、あの人たちおにぎり食べてる！」とガールフレンドは叫ぶ。彼女はフードライターなのだ。「カワイイ！　オイシイ！」と彼女は、桜色に染めたおにぎりをもぐもぐ食べている若いカップルに言う。そして親指をつき上げる。カップルもニタニタ笑って、親指を上げ返す。

「どこから来たの？」

「ニューヨーク」

「ニューヨーク、最高だよね！」

「東京、最高！　ハナミも！」

カップルからもらったおにぎりを半分ずつ食べながら、私たちは先へ進む。「うん、東京って最高だなあ」と私はもう一度言いながら、見るからにゴージャスな着物を着て花の下で赤いパラソルをさしてポーズをとっている年配のご婦人二人を指さす。「鈴木清順のヤクザ映画の、僕の大好きなシーンを思い出すよ」と私はうきうきして言う。「満開の桜の木の下のヤクザ！」

「はぁ？」とコジマは言う。「いい加減にしてよ、いっつもヤクザ映画の話ばっか！」

突然ザワザワと声が上がって、私たちはふり向く。安物の黄色い野球帽から一目で観光客とわかる一団が、満開の木の下に集まっている。仲間の一人が枝の上にのぼっていて、それをみんなで写真に撮っているのだ。花見客たちが飛んできて、怒った声でどなりつける。「どこかの阿呆が木にのぼって、枝を振って花びらを落としてるんだ」と私は現場へ駆けていきながら叫ぶ。「あれって読んだことあるよ！　お土産に花を折る奴がいるんだ！」

花見客たちは本気で怒っていて、金切り声を上げ、拳骨を振りまわしている。春の陽気に暴力の予感がみなぎる。白いヘルメットをかぶった警官たちが間一髪のタイミングで現われる。不届き者の観光客を降りさせ、彼女を連行する——そう、若い女性なのだ。怯えと恥とに女はぎこちなく笑い、折った花の枝を捨てる。おどおどした様子の、黄色い帽子をかぶった仲間たちが、花見客の罵声を浴びながらあとについて行く。

「馬鹿な観光客ねえ、花を取ろうとするなんて」とコジマは、二人でその場を去りながら言う。「私たちはいい観光客よ!」と彼女はみんなに向かって宣言する。「私たちは桜を大切にします!」

この瞬間、コジマが頭に大きな桜の花を着けていることに私は気づく。

私は彼女を肘でつつき、花、外せよ、とささやく。

コジマはうろたえて、頭に手をのばす。「痛い!」と彼女はわめく。「これ、生えてるのよ!」

「何だって! どれどれ——」私は花を摑む。痛いわよ、とコジマは叫ぶ。そして私をひっぱたく。

いまや花見客たちは私たちを呆然と見ている。何人かが立ち上がりかけている。女たちは手で口を覆っている。

みんな笑っている。

そこらじゅうでゲラゲラ笑いが起きる。人々は写真を撮ろうとスマホをこっちに向ける。シュールな情景が展開する。私が花を抜こうとぐいぐい引っぱり、コジマが身もだえし、わめき、ひっぱたく。やっとのことでピンクの花が抜ける。群衆はさも楽しげに見物している。私は得意げな顔を装い、みんなに花を見せて回る。

「行きましょうよ」コジマが情けない声を上げる。「もう十分見たわよ。あ、ちょっと待って――」と彼女は、花を投げ捨てようとした私に言う。「それ、私のよ！　綺麗だわ！」

つき上がった親指や、気の好い笑い声に送られながら、私たちは立ち去る。

突然、恐怖の悲鳴が上がる。一人の女が頭を押さえている。大きな花がそこににゅっと生えている。男が素っ頓狂な声を上げる――これも頭のピンク色を摑んでいる。そこらじゅう、こっちにもあっちにも桜の花が開くなか、陽気さはだいぶ物騒になってくる。

「一種のサクラ伝染だね、きっと」と私は上機嫌でコジマに言う。「楽しいねえ」

「ええ、自分の身に起きない限りね」と彼女はむすっとして言い、また花が咲いてはたまらないと、私の帽子を目深にかぶって押さえつける。

私は優しい気持ちでニヤッと笑い、コジマの頬にキスする。すごくカワイイよ、と私は彼女に言う。

地下鉄の階段が近づいてきたところで、別の情景に私は足を止める。古いロックンロールがガンガン鳴っている。黒い服を着た男たちが輪になって踊っている。私はコジマを置き去りにしていそいそと寄っていく。男たちは――女の子も二人ばかりいる――黒いジーンズに革ジャン、と往年のロカビリー・ファッション。だがそのヘアスタイル――ものすごい。ロカビリーの髪型がとてつもなく誇張されて、頭から塔のようにそびえている。

馬鹿げたヘアの男たちが、それぞれソロで、大真面目な顔でツイストを踊り、それから、音楽史を一気に何十年も越えてブレイクダンスに移り、ブームボックスから轟く、日本人バンドがやっているらしい「ジョニー・B・グッド」に合わせてスピンし、超絶芸をくり広げる。

「無茶苦茶なジャンル混ぜあわせだなあ――いかにも日本だよ！」追いついてきたコジマの方を向いて私は笑う。近くのダンサーたちに向けて私は親指をつき上げる。彼らは傲慢に私を無視する。

お洒落な感じの見物人に、これって誰なんですかと私は訊いてみる。

「ローラー族です。ロックン・ロール・トライブ」と相手は教えてくれる。上手な英語だ。「前は代々木公園にいたんだけど、こっちへ移ってきたんです」

「みんな上野の花見が好きなんだねえ！」と私は冗談めかして言う。

相手は笑う。それから、目をパチクリさせて私を見て、驚きの叫びを上げながら私を指さす。

「あんたの頭！」とコジマがわめく。「あんたのヘアスタイル、あの人たちとそっくり！それにピンク色」

そしてそれは、外れない。

滞在先に地下鉄で帰る道中、乗客たちがじろじろ見る。私はマフラーをぐるぐる頭に巻いて、タワーのごとき脂っぽい桜色の髪型を隠している。コジマはまだ私の帽子を目深にかぶり、手には桜の花を持っている。彼女は私を見てニタッと笑う。でも上野のダンサーたちはニコリともしなかった。全然。からかわれたと思ったみたいだった。私たちはそそくさと立ち去ったのだった。

借りているアパートメントで、コジマは花をボウルに活け、念のため、もっと大きなガラスボウルをひっくり返して上にかぶせる。「綺麗ね」と彼女は言う。

「僕、地球大気圏外の熱帯ミュータントみたいだな」と私はバスルームの鏡を見て嘆く。禿げているので、なおさら目立ってしまう。

翌朝、私はこっそり出かけて、ウインドウに桜の花が手描きしてある床屋を見つける。たどり着く途中に、チェリーピンク・フラペチーノを持ったお洒落な連中とスターバックスの前ですれ違い、コンビニの店内ではOLたちがチェリーピンク・キットカットをもぐもぐ食べている。

床屋は年寄りで、不愛想で、英語を喋らない。年代物の散髪椅子の周り、リノリウムの床には刈りとったピンク色が転がっている。

「ハナミ・ツーリスト」と床屋は呟き、私のピンクを乱暴に切り落とし、床に加えていく。

「サクラ族！」と私はムッとして言い返す。

これを聞いて床屋はガハハと笑い、肯定の意を表して鼻を鳴らす。

というわけで、安くないサクラ割増金を通常料金に追加するときも、ほとんど愛想がいいと言っていい態度で床屋はふるまう。

私が立ち去ろうとすると、床屋は突然、待て、と手を振る。そして私をじろっと見る。何か紙に書き殴る。それを私に手渡す。

「ずっとよくなったわよ」と、帰ってきた私の刈られた頭皮を見てコジマが言う。

「床屋、変な爺さんだったよ」と私は言う。床屋からもらった紙切れを彼女に見せる。

「日本語よ」とコジマは言う。

それくらい僕も気づいてるよ、と私は言う。

「古い書き方ねえ」と、お洒落に決めたコンシエルジュが、滞在している建物のロビーで言う。彼女は紙と睨めっこしている。「ええとね……海外からの御客様、ようこそ御出下さいました。貴殿の上機嫌と覇気は素晴らしいと思います！　手前、貴殿の小説の愛読者であります、オヤジギャグが満載で！　私共、伝統的理髪店組合は、華麗にして特別なる文芸的雑誌『オヤジギャグの華』（本当です！）を刊行しております。私共の街に関し、貴殿の印象や経験をお書き戴ければ光栄に存じます！」

彼女は唖然として私を見ている。私は唖然として彼女を見ている。彼女はクックッと笑い、手で口を覆う。私も笑って戸惑いを隠す。

「もう一度その床屋さんに行ってきなさいよ」とコジマは大喜びで言う。「もっと詳しく聞かせてくださいってメモ、コンシエルジュに書いてもらえばいいわ」

「いやあ、それは思いつかなかったな！」と私は彼女をからかう。

だが行ってみると、床屋はそこにない。

二軒の店のあいだに不気味に空いた、小さな何もないスペースを、私は目をパチクリさせて見る。

「ふうむ……」と私の本を日本で出している出版社の編集者が、その日の午後、コーヒーと桜クッキーを前に床屋のメモを私から見せられて言う。「これはどうも、床屋の悪戯か……それとも幽霊ですね。ひょっとして両方とか……」

「幽霊？　だってどうして幽霊が、じゃなきゃ床屋が、僕とか僕の本のこととか知ってるんです？」

そう言いながらも、私の目は輝いている。わが恥ずべき、貪欲なる作家のエゴは、読者に認知されてひそかに歓喜しているのだ。

編集者は肩をすくめる。「ま、どこかの本屋で立ち読みしていて、本にあった写真を見たんじゃないですかね」。彼はあごを撫でる。「そんな床屋組合の雑誌なんて、聞いたことありませんねえ」。クックッと痛々しげに笑う。「もちろんタイトルは、太宰の有名な小説の、まるっきり冴えないもじりですけどね。ふうむ……でももしほんとに幽霊だったら……下手に怒らせない方がいい。言われたとおり、何か書いてあげなさい。いちおう、大事をとって」

「だけど書いてどこに載せるんです？」

編集者はため息を、大きなため息をつく。「わかりました、わが社は『文芸的雑誌』を出しています。まあそこで『オヤジギャグの華』を連載すればいいかと……」彼は額をさすり、顔をしかめる。「やれやれ、それにしてもひどいタイトルだな、こんなの提案したら私、クビですよ！」

だが彼は間違っていた。

その2　有楽町焼き鳥

「今夜は焼き鳥に行くのよ——ガード下の！」とコジマが言う。「あたしの本のリサーチよ。あんたのエージェントのタケシの、あの素敵な同僚、ジュンゾーからいまショートメールが来たの。連れてってくれるって」

「そりゃあいい！」と私は答える。「ただささ、その、こないだ行ったときは……」

前回東京を訪れて焼き鳥屋にくり出したときは、テーブルにいた荒っぽい酔っ払い連中が、外国人観光客が来たと見て、妙に赤い刺身を勧め、私たちをさんざん笑い物にしたのだ。それは馬肉だったのである。それに焼酎もひどい味だった。

「だけどあれは午後のアメ横だったでしょ」とコジマが言う。「今夜は有楽町、仕事帰りのサラリーマンの天国よ」

ああ、サラリーマンのシタマチ！　昔ながらの、庶民の東京！

そう、料亭の懐石料理は素晴らしい。もちろん高級な寿司も（他人が払ってくれるなら）。だが、サラリーマン＝シタマチ流に食べる、これは格別なのだ。

「それに有楽町って、ここから簡単に行けそうだね」と私は言う。「日比谷駅まで一駅乗って、ちょっと歩いてジュンゾーと落ちあう」

だがここは東京であり、当然のごとく私は道に迷ってしまう。スマホのグーグルマップは断固使いたくないし、壁に貼ってある東京メトロの地図は、外国人の目と脳には上下逆さまである。

さんざん言い争った末に、コジマのスマホの青い点に導かれて有楽町に着くと、ジュンゾーが待っている。その思慮深げな顔は学者を思わせる。お洒落な、オレンジ色のフレームの眼鏡をかけた学者。

「嬉しいですよ、焼き鳥に興味を持ってもらえて」とジュンゾーは言いながら、高架線路を支える柱に囲まれた、赤提灯《あかちょうちん》の灯る屋台が連なる一画に私たちを導いていく。えらく賑わっている。頭上を山手線がゴロゴロと通り過ぎていく。

「ええ、あたしたちサラリーマンやＯＬと一緒に食べるの大好き」とコジマが声を張り上げる。「シタマチ、大好き！」

「ま、サラリーマンになりたいわけじゃないけどね」と私は笑って言う。

低いアーチが掛かったトンネルのようなところにジュンゾーは入っていき、ビールケースに囲まれた小さなテーブルの、危なっかしい低い丸椅子に私たちはどうにか座る。「昔の東京の映画セットみたいだねえ」と私は上機嫌であたりを見回しながら言う。

「映画と言えば、ゴジラは有楽町を破壊したんですよね……」とジュンゾーが私に言い、ニヤッと笑う。

「そして今度はきっとオリンピックが、こういう場所をたくさん破壊するんだろうねえ」と私はため息をつく。焼き鳥の煙で霞んだ赤提灯の光の向こうの、上の動きに合わせて揺れる影を私は見やる。人々が通り過ぎ、光と闇から出たり入ったりしている。

例の謎の床屋事件を、私はジュンゾーに向かって語り終える。

「そんなに面白い床屋がいるとはねえ」とジュンゾーは言う。そして学者っぽい頭を撫でる。

「ま、私には関係ありませんけどね」と彼はふざけて言う。

「僕もだよ！」と私も返す。「ねえ、あの人たちが飲んでるのは?」。そばのテーブルを囲んだ若いサラリーマンたちが、茶色い瓶から何かを注いだジョッキを持ち上げる。「Hoppyって何？」

「不味い！」と、この「サラリーマンの酒」を試した私は口から唾を飛ばす。そばのテーブルの連中がこっちを見てケラケラ笑う。私は日本酒に切り替える。一方コジマとジュンゾーはハイボールで満足している。ハイボールもジョッキに入っている。これは外国人の私の目には何とも奇妙だ。ここでも、どこでも、外国人はだいたいそればかりやっている。ちょっとした違い、奇妙な細部を、しじゅう目にとめているのだ。

さて、私たちのテーブルに小皿が矢継ぎ早に届けられるが、満腹になっちゃいけませんよ、とジュンゾーが釘を刺す。

「次はすごく特別なところへ行くんですからね」

「ああ、楽しみ！」とコジマが、もぐもぐむしゃむしゃやりながら言う。

そう、店員が次々どんと置いていく串刺しの御馳走を食べ過ぎないのは至難の業。銀杏《ぎんなん》、つくね、レバー、軟骨、焼き豚《とん》（馬刺しはナシ！）。そして、美味い酒を飲み過ぎないのも。

「どうです、気に入りましたか、山手線の下で飲み食いするのは？」とジュンゾーが訊く。

「うん、ブラボー、有楽町！」私たちは答える。「線路の下で食べるのって最高だよ」

「山手線の下です！」とジュンゾーは訂正する。「サラリーマン・グルメの中でも、特別に特別なんです、ここは！」。茶目っ気たっぷりにニヤッと笑う。「さ、いよいよこれからですよ」

そう言って彼は私たちを従えトンネルから出る。そばのサラリーマンたちが、立ち去る私たちに向けてジョッキを持ち上げる。私たちも連帯のしるしに親指をつき上げる。

赤提灯の灯るテーブルがさらに続いて、店員が忙しく働き、スーツ姿のビジネス侍たちが茶色い瓶と小皿を前に去りがたく残っている。列車が轟音とともに頭上を過ぎていく。混みあった、忙しい商売を列車は飽くことなく続ける。やっとジュンゾーが、また別の低いアーチ、煙に霞むトンネルに入っていく。真ん中あたりに、暖簾《のれん》の掛かった、何の変哲もない、ほとんど影に隠れた出入口がある。

中は小さなガレージみたいな場所で、テーブルがいくつかと、狭苦しい調理スペースと焼き鳥用の炭火。空気は煙っていて、そして、ものすごく油っぽい。

「ムムム」とコジマが叫ぶ。「オイシイ！」

「何ですここ、電車の修理場ですか？」と私は面喰らって訊く。

「いいえ！」とジュンゾーが目を輝かせて答える。「特別に特別な居酒屋焼き鳥です！」

隅の狭苦しいテーブルに私たちは身を押し込む。だいぶ晩も進んだベテランのサラリーマンたち――油をたっぷり差した、と言えばいいか――が私たちを見て目をパチクリさせる。

更なるニタニタ笑いが花開く。

　電車の車掌の帽子をかぶり、「山手線＞神戸、OK?」と書いたTシャツを着た店員がメニューを持って現われる。

「渋いなあ」と私は声を上げる。「料理の記号に、電車の部品の絵を使ってるね」

「違います！」とジュンゾーはさも嬉しそうに、勝ち誇って叫ぶ。「この絵はみんな、食べる物の絵です！　山手線現役のストックの、とびきり上等なネタです！　神戸牛より上等なんです！」

　店員はうなずき、指でTシャツの言葉を突く。

「わお！」とコジマが言う。「わお！」

「山手線が、食べられる……」私は呆然として、ごくりと唾を呑む。

「はっは！　注文していいですかな？」とジュンゾーが言う。

「お願いします！——ねえ、これも美味しそうね」とコジマが勢い込んで言う。

「ええ、それはね、台車の緩衝器のバネの、一番美味しいところです」とジュンゾーが言う。「何日かマリネして、炭火でさっとあぶるんです」。身を乗り出して、声をひそめる。「山手線の操車場とね、内緒の契約を結んでるんですよ。全部品が最高級、保証書付きE２３７車両。工場直送、中古スクラップいっさいなし！」

　ジュンゾーは私たちに「有楽町スペシャル」盛り合わせと、「サラリーマンの夢」なるこれまた盛り合わせを注文してくれる。私たちは程なく、くさび形に切った、汁気たっぷりの赤いヘッドライトをもぐもぐ噛んでいる（「ソーセージみたい！」とコジマが言う）。それと、甘だれ醤油をかけた（「鰻みたいね」とコジマ）プラスチックの客車屋根材と雨樋《あまどい》が、ビネガーっぽいドレッシングに浸した、細かく刻んだ明るい青の山手線の座席カバー（「ワカメみたいだ！」と私）の上に載っている。

コジマは有頂天である。今度はガーリックで味付けした、焼いて焦げ目をつけたステンレスの荷物棚のかたまりを騒々しく噛んでいる。サラリーマンたちがよしよしという目で見ている。みんなニタニタ笑っていて、ジョッキに注いだ、ホッピーに似た「当店限定ブレンド無濾過特選潤滑油」のおかげですっかり出来上がっている（私も同じ酒を勧められるが、断ってしまう。ひょっとしたら失礼だっただろうか）。

私は日本酒の入ったコップ――これで三杯目だ――を、油を飲んでいる連中に向けて持ち上げる。「山手線に乾杯！　有楽町のサラリーマンに乾杯！」

「山手線に！」元気一杯の反応が返ってくる。「有楽町のサラリーマンに！」。みんなネクタイも外し、襟が開いて垂れている。

やがて、さすがに腹が一杯になってくる。私たちは暇《いとま》を告げ、油のしみだらけのエプロンを着けた、菜箸《さいばし》とレンチで車軸のかたまりを操っている大将のところへ行って礼を言う。そして飲み仲間たちに敬礼！

満足の吐息とともに、ふたたびトンネルに戻っていく。頭上からはたえず、電車が勢いよく行き来する音が聞こえている。さしずめ牛たちが牧草地ですくすく育っているというところか。通路をはさんで並ぶテーブルは、見れば少し空《す》いてきたが、ごちゃごちゃの皿やジョッキが赤提灯と影とに包まれて、さっきよりむしろ風情はある。煙った夜には、どこか幽霊が取り憑いたような気配がある。が、やかましくもある。もっと先の方で、いまだ残ったサラリーマンの一団がジョッキを振りまわし、彼らの前で歌い、ぶざまに踊っている奇妙な二つの人影にあわせて声を張り上げているのだ。

「ほう！　見に行きましょう」とジュンゾーが言う。

私たちは彼にくっついて行く。みんなを楽しませている二人のうち一方は、だぶだぶの古風なサラリーマンスーツに蝶ネクタイという格好で、歯をむき出し満面の笑みを浮かべている。相棒は貧乏くさい和服を着て、その憂い顔は悲しみに沈む気高い道化の趣。彼らの姿は幽霊のごとく明滅し、二人とも奇声を上げ、不細工なタップダンスをやっている。

「なんだか飲み過ぎた幽霊みたい」とコジマが言う。

「幽霊なんですよ！」とジュンゾーが嬉しそうに叫ぶ。「一緒にあちこち回ってるらしいですよ。あっちが植木等、二人で歌ってるのも『スーダラ節』です」

「わかっちゃいるけど　やめられねぇ！」と二人組がわめく。

「で、着物の方は、太宰治です」

「太宰治？　そりゃすごい！」と私は叫ぶ。「訊いてみよう、例の床屋を知ってるかも！」

私たちはそろそろと寄っていく。歌と踊りが終わり、芸人二人組は酔った勢いでだらしなくたがいの腕の中に倒れ込む。サラリーマンたちが拍手喝采する。

ジュンゾーが歩み出て、私とコジマが何者かを説明してくれる。

「アメーリカ！」と植木の幽霊が叫ぶ。「アイ・ワナ・ゴー・トゥ・ラスベガス！（ラスベガスに行きたい！）」と素っ頓狂な声。

「(これも英語で) あなたはミスター・ブルールを知っていますか? 私の英語の先生なのです」と太宰治の幽霊が訊く。

「この人の着物、臭うわ」と、おそろしく鼻の敏感なコジマがささやく。

「(英語で) いいえ、私はミスター・ブルールを知りません」と私は太宰に答えながら、コジマを黙らせようと肘でつつく。「もしかしてあなたは、幽霊の棲む地で、文学好きの床屋に会ったことはありませんか?」

太宰は目をパチクリさせて私を見る。そして彼は笑う。グラッとよろける。誰かが酒を注いでやる。彼はそれを押しやる。「(日本語で) 俺は桜桃が欲しい」と彼は叫ぶ。「(日本語で) 桜桃! (英語で) アイ・ウォント・チェリーズ!」。足を踏みならす。「(日本語で) 桜桃――」彼はしくしく泣き出す。

私たちはみな、顔を見合わせる。

「私、サクラ風味のキットカットまだ持ってるわ」とコジマが私にささやく。そしてハンドバッグの中を探る。キットカットを取り出し、太宰に渡すよう私に渡そうとする。が、その前に太宰が奪いとる。

「(日本語で) なんていい匂いだ!」と彼は甘い声で言いながらくんくんと嗅ぐ。「(英語で) おお麗しいご婦人、あなたの可愛い腕に接吻させてください!」

彼はコジマの手の方に腕をのばす。だがコジマはさっと手を引っ込める。

「げっ、この人、臭い!」

「いいじゃないかよ、手にキスくらいさせてやれよ!」と私は声を押し殺す。

「(英語で) おお、ご婦人! 麗しいご婦人!」と太宰が訴える。

だがコジマはますます後ろに下がる。

「(英語で) すいませんね」と私は太宰に向かってしどろもどろに言う。

突然彼が、ひどくみじめな表情に変わる。「(日本語で) ああ、俺はみじめだ!」と彼は叫ぶ。そしてキットカットの包みを破って、貪り食う。「(日本語で) 美味い! だが俺はまだ底なしに不幸だ!」と嘆き、キットカットのピンクのかけらが口から飛び出す。

「(日本語で) まあまあ、落ち着けって、太宰居士!」と、寄ってきた植木がなだめる。

「(日本語で) 落ち着けって、落ち着けって!」周りのサラリーマンたちが唱える。

だが太宰の嘆きはおさまらない。「(日本語で) 俺は自殺するぞ!」と彼は叫ぶ。くるっと踵を返す姿が狂おしく明滅する。鉄道の柱の向こうまで、まっしぐらに駆けていく。

去っていく姿に向かって皆が口々に叫ぶ。植木がよたよたと後を追う。

「何とも情けないことです」とジュンゾーが言う。

だが幸い、逃げる相棒に植木が追いつく。少しすると、幽霊二人組は腕を組み、よたよたと夜の街へ消えていきながら、「(日本語で) おれたちゃこの世で一番　無責任と言われた男!」と叫ぶ。

かくして私たちの晩もお開きとなる。私たちはジュンゾーに助けられて日比谷に戻る。

「悪いけど、あの人ほんとに臭かったのよ」とコジマがなおも言う。

その3　タワー・クレイジー

私たちは東京タワーのすぐそばにアパートメントを借りた。より正確に言えば、そしてより華々しいことに、九階にある我々のスペースは東京タワーのほぼ真下に浮かび、あいだには何本かの木が植わった場所と、小さな寺の付いたミニ墓地があるだけ。こぢんまりした華やいだメインルームの窓から、こぢんまりした裏のバルコニーに私たちは出て、あんぐり口を開けて見ている。

巨大な記念碑的建造物と親密に暮らす。度肝を抜かれる、不安にさせられる体験である。複雑な格子を成す、塔の大きな足が、朝のコーヒーを飲む我々のすぐかたわらにあるのだ。居酒屋から千鳥足で帰ってくると、塔はそこにあって、ほのめく光を放っている。

「エッフェル塔の陽気なバージョンがルームメートになったみたいね」とコジマが陽なたのバルコニーで、禁止の煙草をふかしながら言う。

いかにも東京らしい。外国のランドマークの臆面もないコピーを、自分の人気アイコンに変えてしまうとは！

「実際、東京タワーって、エッフェル塔より高いんだよ」と私は指摘する。「それに、錬鉄じゃなくて鋼鉄で出来てるから、ずっと軽いんだ」

「どうだっていいわ」とコジマは賛嘆の目で見上げる。

不格好に大きなタワーの基部に、私は黙って見入る。そこから上にすらっと、すぼまっていきながら空に溶け込む塔は、巨大で直接的な物体から、矢のように飛ぶ彼方の抽象物に変わっていくように見える。日が暮れると、タワーは垂直の特大提灯のように柔らかに光る。

ある朝私は、階段をのぼって白いメインデッキに行くと宣言する。「あそこの、真ん中のデッキ」と私は言う。

「あれって六〇〇段あるのよ！」とコジマが言う。「ホームページにそう書いてあるわ」

「そりゃあ楽じゃないさ」と私は雄々しく認める。「でも僕は東京タワーと渡りあう！ それにさ、幼稚園児でも十五分でのぼれるってホームページに書いてあるじゃないか」。さらにひと言、「まあ時には風がけっこう強くなるみたいだけど」と笑いながら私は言う。

午後は夕方に近づき、春の穏やかさをたたえ、私は塔の土台を成す支柱部の、巨大な弧の下の人波に加わる。かたわらには、ぶざまな、灰色の、観光客相手の「フットタウン」があって、やたらとキュートでやたらと陽気な土産物を多種多様な形態やメディアで揃えている。私は自分に「グッド・ラック！」とささやき、明るいオレンジ色の階段をのぼりはじめる。支柱や格子のあいだを私は抜けていく。

一歩ずつ数えて、最初の百歩は順調に行く。私はしかるべく一息つこうと立ち止まり、上機嫌でニタニタあたりを見回す。日頃から運動のために地下鉄の階段をのぼっているから、こういうのには慣れているのだ。突然、風がさっと吹いてきて、危うくニット帽を飛ばされそうになる。苦笑いしながら、私は帽子をぎゅっと頭に押しつける。そして上りを再開する。はじめはほかにものぼっている人が周りにいたが、もう誰の姿も見えない。二五〇段くらいのぼったところで、今度は本気で立ち止まって休まないといけない。息はゼイゼイ荒くなっている。心臓が早鐘のように打っている。塔のオレンジ色の対角線を通して下を見ると、思わずめまいがしてくる。上の方で、若いカップルが凍りついているのが見える。驚いたことに、彼らはアルプス登山の格好をしている。体はロープでつながれている。一歩一歩、二人のかたわらを通り過ぎながら私は親指を上げて挨拶を送る。二人は目を丸くして私を見返し、息を呑む。風が一気に強まる。あまりの強さに、私は支柱にしがみつく。幼稚園児なんてぜったい宙に吹っ飛ばされる風だ！「おい、これどうなって――」私は口から唾を飛ばす。頭上に貼られた脳天気なポスターが、ここまでで私が何カロリー消費したかを告げている。風がポスターを剝ぎとる。

　恐怖の念が募るなか、私は登りを再開する。どうやらここにはエレベータなどというものはない。上で三人組が、体をべったり広げて登っているのが見える。三人とも大きな、エベレスト登山のパーカを着ていて、フードが突風にぱたぱたはためく。彼らは酸素ボンベを共有している！　酸素マスクの上の、憑かれたような目で、這いつくばって追い越していく私を彼らは呆然と見る。私はもう本気で怖くなってきて、パニックがひたひた忍び寄ってくるのを感じる。空気はひどく薄く、肺が燃えるように熱い。もう何歩来たかもわからなくなってしまった。風が激しく、容赦なく吹き荒れる。私は絶望してへなへなと階段に座り込む。「助けてくれ！」と私は帽子を押さえつけながらわめく。「助けて！」

たくましい両手がどこからか現われて私を摑む。手に引きずられて私はガンガン階段に叩きつけられ、風に揺られながら上がっていき、メインデッキにたどり着く。私は大の字になってゼイゼイ息をしている。私を救ってくれた人は、展望窓の前に行って外を眺める。ここには私たち二人しかいない。彼は大きな、背の高い、年上の外国人だ。

「アリガトウ」と私は混乱した頭で、息も切れぎれに言う。「アリガトウ！」

相手はちらっとこっちを向く。その顔が見えたとたん、私の息が止まる。私はどうにか立ち上がる。

「あなた、ヴェルナー・ヘルツォークではないですか？」私はしどろもどろに言いながら彼の方に寄っていく。「映画監督の？」

「ヤー、ヤー、そうだ」と彼はほとんど苛立たしげに、ドイツ語訛りの英語で呟く。

「あなたがこのタワーで話しているのを見ましたよ。ヴィム・ヴェンダースの『東京画』で！」と私はなおもわめいて、彼の横まで行く。「一九八〇年代でした！」

「そうとも、そうとも」と彼は言う。「毎年ここに戻ってくるんだ、こっそりと」。そして突然、私たちの眼下に広がっているメガロポリスの混沌を身振りで示す。「そして私はまだ探している、いまもまだ」と彼は叫ぶ。「あの時もいまも、この東京の狂ったごちゃごちゃの中に、ひとつの澄んだ、透明な像を探しているんだ。だがどうしても見つからない――純粋な、透明な像は！」

彼は私の袖を摑み、私の向こうを見やる。

「で、どうしたと思う？」彼は耳障りな声を上げ、目をギラギラ光らせ、薄くなってきた灰色の髪が揺れて踊っているように見える。「私は決めたんだ、私の心の中の東京を……パリにすることに！」。己の着想の見事さを強調するかのように、彼は私の体をぎゅっと摑む。己を讃えて高笑いを上げる。「私にとって、これは東京タワーじゃない、わかるか？　エッフェル塔なんだ、掛け値なしの！　下にごちゃごちゃ並ぶビル？　シャンドマルスさ、爽やかに広がる緑地だよ！　あっちの摩天楼は六本木ヒルズでも虎ノ門ヒルズでも何ヒルズでもない、サクレクールとパンテオンとノートルダムさ。ま、たしかにあのうちのひとつはモンパルナスタワーだ――目障りなのがぽつんと建ってる。でもうすべてがシンプルでクリアなんだ！　どうだ、見事だろう？　え？」

彼は目を輝かせ、私の体をさらに強く摑む。

気の毒に、ここに上がってきてすっかり狂ってしまったのだ。

「ええ、まあ」私はごくんと唾を呑んで彼を見る。「つまりその……監督はあなたですから！」

映画界ジョークを試みたひと言に、私は自分で笑う。彼は笑わない。

「さあ、これをやる。ここまでのぼって来たらどんな阿呆でもこの証明書がもらえるんだ」と彼は言って、どこからか紙切れを取り出す。「エレベータを使って降りなさい。私を放っておいてくれ、私のパリに一人でいさせてくれ――私だけのパリに！」

エレベータのドアが閉まるとともに、私は声を上げて別れを告げる。彼には聞こえてもいないようだ。壊れた侘しい脳の生んだ勝利感に彼は浸っている。

「いいじゃない！」ヘルツォークにもらった〈階段登頂者公式証明書〉を見せるとコジマは

言う。「エッフェル塔なんてどうでもいいわよ」と彼女は鼻を鳴らす。「東京タワーを愛せない人なんているわけないわ！」うっとりと彼女は見上げる。「すごく可愛くて、チャーミングで」

「可愛くてチャーミング？」と私は言い返す。「僕がどんな目に遭ったか、忘れたのか？」

窓の内側の安全な場所から、私は警戒の目でそれを見上げる。

この先、何が控えているか、私にはまるで見えていない。

翌日、塔のオレンジ色の鋼鉄の基部でポーズをとっているコジマのセルフィーを、私はインスタグラムで見つける。彼女は鋼鉄を抱きしめ、頬をなすりつけ、うっとり微笑んで……タワーにキスしている。

「だってほんとに可愛いんだもの！」私が問いただすと彼女は言い返す。「チャーミングだもの！」

　セルフィーは止まない。

アドバイスはないかとネット上をサーフしながら、私は「対物性愛《オブジェクトフィリア》」の現象に不安な気持ちで思いをめぐらす。ベルリンの鉄道駅に「恋している」女性。別の一人の懇《ねんご》ろな想いの対象は――よりによって――エッフェル塔。

　事態はますます剣呑になってくる。赤羽橋からアパートメントに向かって歩きながら、あるいは神谷町駅から出てきたとき、オレンジと白の尖塔のカーブがぬっとそびえているのが見える。これはいつものこと。だがいまでは、何マイルも離れた原宿あたりにいても、見慣れたすらっとしたシルエットが、表参道ヒルズのショッピングセンターの上に、白い襞襟《ひだえり》を

その3
タワー・クレイジー

つけた首長のブロントザウルスみたいにそびえているのだ。私は愕然とする。

「あのさ、東京タワーが、僕らのことストークしてるんじゃないかな」私は一緒にいるコジマに仰々しくささやく。

「ストークしてるんじゃないわよ、あたしたちのことじゃないわよ」と彼女は答え、振り向いて手を振り、投げキスを送る。「あたしのこと崇めてるのよ、あたしが崇めてるのと同じに！」

とうとう、ある日の夕方、落ち着かぬ、上の空の散歩から帰ってきた私は、わがガールフレンドが、こざっぱりとしたカウチに、高さ一メートル二〇の東京タワーの精巧な模型と一緒に座っているのを目にして仰天する。

ただし、それは模型ではない。

「ほんとに嬉しいわぁ」と彼女は叫ぶ。「タワーが縮んで会いに来てくれたのよ。きっと裏口から忍び込んだのね」

「なんだって？」私はあわてふためく。

だが本当にそうなのだ。窓の外を見て、木々と墓地の向こうの、何もない空間に私の口があんぐり開く。「フットタウン」がぽつんと剥き出しの姿をさらしている以外は何もなく、周りをパトカーが囲んでいる。警官たちがそこらじゅうに群がり、一帯は犯行現場を表わす黄色いテープで仕切られている。

「君、本気で狂ったのか？」私はコジマを問いつめる。「いますぐこいつを帰らせろ。有名な公共建築なんだぞ、こんなことしちゃいけないんだ！　それに、こいつがいまここで元の大きさに戻るって決めたらどうするんだ！」

「何言ってんのよ」と彼女は言い返す。「この子がそんな迷惑なことするわけないでしょ」。彼女は護ろうとするかのようにタワーを抱きしめる。

彼女は何を言っても聞かない。何もなくなった場所に、ティーンエージャーの女の子たちが群がり、花輪を置いて、泣き崩れる姿を私が指さしても甲斐はない。「どうやらこのタワー、少女漫画でも愛されてるんだな」と私は苦々しい声で言う。

コジマは頑固に肩をすくめるだけだ。タワーは彼女のかたわらで、夜の光を発している。大荒れの一夜。私たちの寝室にタワーを入れることを私は拒む。コジマはタワーをなだめて、小さな客用寝室に入れ、子守歌でも歌うみたいにクークーあやしている。だがタワーは、拗《す》ねた幼児みたいに、私たちの寝室と接した壁を何度もガンガン叩く。コジマは二時間ごとにそっちへ行って相手をしてやらないといけない。一方、眼下の墓地では、幽霊たちが墓から漂い出て、かたわらに広がる大いなる空虚に向かって泣き叫ぶ。

朝が来て、疲れはてたコジマはついに断念する。何分もかけて、客用寝室にタワーとこもり、事情を説明する。取り乱し、苦悩に包まれたタワーはさんざん暴れるが、やがてとうとうドアが開き、いつまでも変わらぬ愛をコジマが誓うと、元の場所と大きさに戻ることにタワーは同意する。私たちはタワーをシーツでくるんでこっそりビルの裏口から下ろし、自分で帰って行くようそこに残していく。

東京を、そして国中を驚喜させたことに、見慣れた大いなるオレンジと白の塔が、ふたたびフットタウンから空へのぼっていく。

その夜、コジマは裏手のバルコニーに座り、煙草を喫いながらじっと見ている。ほぼ満月になった月が、東京タワーという名の大いなる垂直の提灯の上空でほのめく。それが叙情的な、心動かされる眺めであることは認めざるをえない。わがガールフレンドの肩を私はそっと摑む。彼女の頰が濡れている。思いにふける彼女は優しく微笑む。情愛のふるまいは微妙なる神秘だ、と私は重々しく考える。彼女は指でスマホに触れる。自分が書いた俳句を、彼女は私に見せる。私は声に出してそれを読む——

ふたつして　わが胸照らす　月と塔

その4　不思議な一日の話

かくしてそれは起きた。築地市場が、あの素晴らしい屋内卸売市場が閉鎖され、取り壊されたのだ。よりによって私たちの東京滞在中に――何という辛い現実。

「昔ながらの東京の魂が壊されてしまった」とコジマが悼む。

「容赦ないオリンピック開発のせいだ」私も応える。「八十三年の歴史があるというのに、大会期間中『輸送拠点』に使うんだって。要するに駐車場だよ！　胸が悪くなる」

過去、何度か訪ねた築地を私は想う……そのざわめきと悦ばしい混沌、猛スピードで通り過ぎるターレをよけるスリル（ターレはエアマットレス大の平床形の乗り物で、運転者は床に立ち、ドラム缶に似たボディの上に水平に付いたハンドルを操る）。つるつる滑る魚臭い石畳にゴム長で立つ、赤い肉の巨大なマグロの胴をこれまた巨大な刀のごときナイフで切り分けるサムライのような魚売り。冷凍されたマグロが競り場の隅に、白い、先細りの丸太みたいに何列も並べられているあたりをさまよったことを私は思い出す。それから、そばの狭い屋台の寿司屋に入って、競りの残りであしらった朝食を食べ、朝からのビールと日本酒で流し込む……。

「それもみんなおしまいだね」私は陰気にため息をつく。

「ねえ、明日築地に何が残ってるか見てきてよ」とコジマが言う。「場外市場の店や食堂とか。あと、卸売市場が移った先の、湾岸の豊洲も」。これは彼女のフードライターとしての仕事の手伝いである。本人は東京郊外の、日本酒醸造所ツアーに行かないといけないのだ。

「酔っ払うなよ」私は翌朝、それぞれ別々の一日に出かけていくなか、妬ましい思いでコジマに警告する。「それと、酒、お土産に持って帰れよ！」

威勢のいいマグロの大看板の下を通り抜けると、築地は混んでいる。包丁、魚、野菜が並ぶ店、旗が立ちメニューの看板が置かれ魚の香りが漂う食堂や屋台は、どこも前と同じに見える。もっとも、バックパックや自撮り棒で武装した観光客タイプが前よりずっと多く路地にあふれている。が、疾走するターレはどこにも見あたらない。一分一秒を争う、本気の商売が狂おしく行なわれているあの切迫感はもはやない。お勧め食べ歩きルートの、またもうひとつお勧めのフードゾーンというだけ。

私は現物を指さしてどうにか「うにまん」を二つ買い、その塩の効いた美味なる黄色い中身を陰気な気分でズルズル啜る。それから、侘しく哀悼されるべき屋内市場の様子を見に行く。

だが入口には板がフェンスのように並べられ、中はいっさい見えない。怖い顔の警備員が私を追いはらう。

拗ねた気分で立ち去ろうとすると、少年っぽいキーキー声がそばで上がる。

「こんちは、ぼくバディです！」とその声は英語で言う。「ぼく、ニュー築地おもてなし小僧です！　何かお困りで？」

話しかけてきた人物を、私は目をパチクリさせて眺める。それは女子中学生で、チェックのスカート、魚のロゴ入りの小洒落たジャケットという格好である。マンガっぽい特大の目に切りそろえた前髪が垂れ、形のいい鼻、口の代わりに小さな曲線。彼女も嬉しそうに私にパチクリし返す。

これはロボットだ。

「え、何？《イクスキューズ・ミー》」私はしどろもどろに言う。いろんな意味で面喰らっている。

「お大事に！《ブレス・ユー》」少年の声で答えが返ってくる。

「は？」

「お大事に。いまくしゃみしたでしょ」バディなるロボットは言う。「アレルギーですか？」

「いや、いや、誤解だよ。『イクスキューズ・ミー』って言っただけさ」。ロボットに釈明するなんて、馬鹿みたいな気分だ。「でも君、なんでバディっていう名前で、男の子みたいに喋るんだ？」自分のしかるべき優位を取り戻そうと、私はぶしつけに問う。

「ぼくたち、まだベータ・フェーズなんです」バディは答える。「取り除かないといけないバグがいくつかあるだけです、心配ご無用！　ねえ、ここまでのところ、ニュー築地おもてなし小僧体験、10点満点で何点つけます？」

「は？　えー、わかんない」私はもごもご言う。「9？　10？　……でどう？」

「やったー！」バディは声を張り上げ、大きい可憐な目が狂おしくパチパチ動く。「ありがと！」。彼女はさっとぎこちなくお辞儀する。「で、かつての屋内市場覗いてみたいですか？

行きましょう！」

　小さな、マンガから生まれた少女の手が私のシャツを摑んで、私をぐいぐい引っぱり、ニタニタ笑いながら見守る観光客の群れの中を抜けていく。

「ねえ、あんたの名前は？」私を導きながらバディがキーキー声で言う。

　私は教える。

「初めまして、ハリー！」

「いや、ハリーじゃない、バ、リ、ー」

「お大事に！　アレルギーですか？」

　私はため息をつき、うなり声を漏らす。バディの点数、次に訊かれたら7まで落とそう。いや、6でもいいか。

　私たちは別の板フェンスに近づいていく。ここの警備員も怖い顔をするが、バディが私を率いて、奥の板に設けられた小窓みたいなところまで行っても止めはしない。彼女は手をのばしてボタンを押す。小窓がすうっと開く。私は身を乗り出して覗き込む。

「これ、ビデオ画面？」私はまたも面喰らって声を上げる。

「もちろん。ニュー築地はまだ覗けませんよぉ！　でもここで見れるんです、これからどうなるか！」

　いかにもキュートなアニメが始まり、屋内市場の古い石畳の広がりをパンしていくが、建物はすっかりなくなっている。突然、空間に――ピン！　ピン！　ピン！――明るい色の自動車やバスが満ちる。どの車体にも、二〇二〇年オリンピックの、鼠みたいな頭で虫みたいな体のマスコット「ミライトワ」の絵が描かれている。

「駐車場……」醜悪な事態をこの目で確かめた私は苦々しく言いはなつ。

「誰も見たことない駐車場だよ！」バディがキーキー言う。「すっごいコンテストやるんだよ――まるっきりオリンピックみたいに！」

見ればいろんな愛くるしい乗り物が順々に、必死に腰を振り狭いスペースに入り込んでいく。熱狂した見物人たちが贔屓の車に歓声を送る。三台の「メダル獲得車」が表彰台に乗って誇らしげに手を振る。

「イェイ！　ねえカッコいい《クール》でしょ、ハリー？」バディが声を上げる。

「スーパー・クール！」私はこわばった声で同意する。

「お大事に！　アレルギーですか？」

意地悪い気分になって、私は築地の鼠のことを訊いてみる。長年住みついていた薄汚い場所が取り壊されて、鼠たちが大挙、界隈に解き放たれるのではという記事を読んだのだ。

「心配ご無用！」バディは明るく答える（そりゃまあそうするだろう）。「ぼくらのふさふさの小さな友だちは、みんなニュー築地の〈オリンピックをサポートしよう！〉スピリット持ってますから」

「どういうこと？」

「お大事に！　アレルギーですか？」

「な-ん-だっ-て-い-い」と私はうなる。おもてなしバディはもうたくさん、彼だか彼女だかのベータ・フェーズはもううんざりだ。「じゃ、いろいろありがとう、もう一人でやれるから」私は宣言する。

「よかったです！」バディが叫ぶ。「では、ニュー築地おもてなし小僧体験、10点満点で何点つけます？」

「10プラス！」私は歯を剝いて言う。

「ワウ！　イッピー！」バディが素っ頓狂な声を上げ、ひょこっとお辞儀する。

「バイバイ！」と私は言って歩き去る。

ところがバディはついて来る！

私は仰天する。どうしたらいいかわからない。人前で女子中学生を乱暴に追いはらったりはできない。いくら本当は胸くそ悪いロボットでも。

「なあ、僕がさ、ここで何がほんとに恋しいか、わかるかい？」私は叫んで立ちどまり、悪意あるニタニタ笑いを彼女に向ける。「あのそこらじゅう走りまわってた、危険もいいところのタールが恋しいんだよ！」。次の言葉は言わずに済ます――タールがいまここに来て、お前を吹っ飛ばしてくれればいいのに！

「お安いご用です！」こっちの気持ちも知らぬわが同伴者は叫ぶ。私のシャツを摑んで、混みあった路地が、曇り空の下でもとりわけ暗くなった一角に引っぱっていく。どこから出したのか、大型のリモコンみたいなものを彼女は掲げる。

「これでどう？」

両方の小さな親指で彼女はボタンを押す。

あっという間に、いくつものタールのおぼろな姿がそこらじゅうに出現する――おぼろで、ゆらめいているが、充分それらしい。

ホログラム！

無表情な、ちらちら揺れる運転手に操られて、ターレたちはそこらじゅう飛び回りはじめる。

あたりは混沌の極みとなる。パニックに陥った観光客たちが悲鳴を上げ、逃げようとあたふたし、たがいにぶつかってつまずき、すっ転ぶ。赤ん坊が金切り声を上げる。魚や野菜のスタンドがひっくり返り、そこらじゅうに品物が転がり落ちる。

警備員がわめきながら飛んできて、バディのリモコンを取り上げ、ボタンを押すが何も変わらず、警備員は怒ってリモコンを地面に叩きつける。ターレたちが消える。警備員はバディの女子中学生頭をぴしゃっと叩く。それからジャケットの背中を指で突っつく。

「お大事に！――」と彼女は叫ぶ――そして体がこわばり、黙る。

警備員は私を無視して、ぶつぶつ呟きながら、バディを鉢植えみたいに持ち上げ、抱えて立ち去る。

ショック状態にある群衆と、いろんな物の残骸の中を、私はよたよたと歩いていく。

私の携帯が振動する。

コジマからのショートメール。「**おっとっと、よっぱらった。おいしいおサケありすぎ！ツキジは？**」

「**メチャクチャ！**」返事を送る。「**くるってる！　あとでくわしく話す　もうたくさん　帰る。君はよっぱらえてよかったね**」

「ダメ、トヨス行ってよ、行くって言ったでしょ!! 遠くないよ。おいしいおサケおみやげにもってかえるから! あーホントによっぱらったー」

「よかったね。よかった!」


豊洲市場は東京湾埋立て地の上にあり、雰囲気はまるっきり工業団地、建物はどれも艶々の灰色でモノリスみたいな直方体、それがたがいに通路でつながっている。広さは築地の倍(ちなみに「築地」は「埋立て地」の意味なのだから皮肉だ)。ここまで来るのはすぐのはずなのに、なぜか途中で迷ってしまった。というわけで私がしかめっ面で果てしない通路を歩き、水産仲卸売場棟の果てしない空間にとぼとぼ入っていくころには、もうとっくに重苦しい午後になっている。

豊洲中央市場の活動は一般公開されていない。マグロの競りも、二週間前に予約が必要な離れた窓から見られるのみである。築地の昔ながらの骨っぽい空気? まったくなし。築地から持ってきた(本物の)ターレは? どこか見えないところにある。

いろんな派手派手しい店の前を私はぶらぶら歩き、それから食堂街に並ぶ店の前を歩く。食事をしようと長い列に並んでいる人たちが、疲れに染まった目でじいっと私を見る。あたりは魚の匂いがするが、全体を包むのは消毒済みという雰囲気。ピリッと本物の刺激があった、手触りある世界は失われたのだ。

私は暗い気持ちで建物の屋上ガーデンに上がっていく。芝生に覆われた巨大な広がりは広場恐怖を誘う。東京ウォーターフロントの摩天楼群が西側、湾の向こう、壮大かつ遠くにそびえている。あたかも都市の奇怪なスペースステーションから見たみたいに。

不機嫌に曇った空の下、私はほぼ一人きりである。ほかには、前方で風景を眺めている背の高い日本人老紳士がいるのみ。紳士はダークスーツに中折れ帽という格好で、蓋付きのバスケットを提げている。私がぶらぶらそばを通ると、紳士はロイド眼鏡の向こうからこっちを見る。その顔はあごが長く、ひどく青白い。薄暗い午後の光の中、紳士は揺らぎ、ちらつくように見える。

この人もホログラム？

あるいは、まさか……

私は呆然として目を見開く。

「何かお困りで？」彼は震える声で英語を話す。「アメリカから、いらしたのですよね？」

「ニューヨークからです」私は小声でしどろもどろに言う。「あなたは……あなたは幽霊……ですよね？」

この言葉の重みを、紳士はあっさり手で払いのける。「ニュ、、、、ーヨーク！」震える声が言う。「ずっと昔、あそこのチャイナタウン、好きでした！　あなたも、あそこの娼婦たちを楽しまれますか？」

いいえ、それは、と私は口ごもる。「それに、長いつきあいのガールフレンドがいますし。そんなことしたらえらい騒ぎです。あの、ひょっとして幽霊の国で、床屋をご存じないですか？」

「床屋？　いいえ」と相手は鼻を鳴らす。「一緒に過ごすなら芸者や娼婦の方がいい。ところで、人は私を荷風と呼びます」

「私はバリー」

「初めまして、ハリー」

どうやら今日はこういう日らしい。

「あなたのガールフレンド、水商売の方ですか?」と荷風は訊ねる。

いいえ、フードライターです、と私は説明する。「今日築地とここをリサーチしてきてくれと頼まれまして。実に気が滅入りますよ、この変化!」

「哀れなる下町! おお、わが疾《と》うに失われたる江戸!」幽霊の荷風は嘆息する。「この俗悪で無学な都市は自滅の一途を辿っている、自ら破滅に突き進んでいる! 全ては白痴的な似而非《えせ》西洋的『進歩』の名に於いて! 私は異を唱える、この上なく甘美な記憶に浸って、すると世間は私を不平屋と言うのだ、泣き言ばかりの不平屋と!」

「ここはひどいものです」私も断じる。「消毒済みの工業団地みたいだ」

荷風はうなずく。「ですが不思議なことに、前は隅田川の東が、そして今はこの東の湾岸地帯が、正《まさ》しくその醜さによって、何故か甘い郷愁を誘うのです。嗚呼《ああ》、嘗《かつ》てマドレエヌの如く記憶を喚《よ》び起こしてくれた溝《どぶ》はもうありません。ですが単調な『蚊の唸る声』で事は足ります、老いぼれ文士が己の言葉を引くのを許して下さるなら」。荷風はバスケットをとんとん叩く。「さあ、座って彼等の、記憶を喚ぶ唸りを聞きましょう」

私たちは芝の上に座り込む。荷風はバスケットの蓋を開ける。蚊の群れが私たちの周り、湿った薄暗い午後の中に舞い上がる。そのブンブンという音に合わせて、私たちは共に湾の向こうを見やる。それぞれの郷愁を抱えて。

「私が何を恋しく思うか、わかります？……」私はひっそり打ちあける。「かつての築地のターレです……」蚊に刺された場所を軽くぴしゃっと叩く。

「ターレとは何です？」

私は説明しかけるが、ブンブン唸る蚊たちがさらに寄ってきたので、言葉を切る。ぴしゃぴしゃと狂おしく私は叩きはじめる。

「お気の毒に」と荷風は鼻を鳴らし、自分勝手な笑い声を上げる。「こいつら、幽霊には寄ってこないのです！」

「それで、ターレとはですね——」私は口から泡を吹き、身もだえしながら立ち上がって腕をばたばた振る。「ターレ——とは——」

私の声は背後の叫びにかき消される。ふり向くと、ターレの群れが屋上にいて、私たちに向かって突進してくる。誰も乗っていないターレたちを、運転者たちと警備員一人が追いかけている。

私が悲鳴を上げて脇へ飛びのくと、ターレたちはすぐ横を疾走していき、幽霊の荷風をもろに突き抜け、バスケットを蹴散らし、屋上の縁に向かっていく。あたかも、湾の向こうの築地に帰ろうとするかのように！　彼らは屋上の縁の向こうへ消えていく。恐ろしい間《ま》があいて、それから、胸が張り裂けるようなガシャンという音が下から聞こえる。運転者たちは呆然と縁から見下ろし、恐怖に頭を抱えている。

＊

「遅かったねえ！　僕、今日一日すごかったんだぜ！」午前零時近く、千鳥足で帰ってきたコジマに向かって私は叫ぶ。

「明日聞かせてよ」と彼女はもごもご呟き、ベッドに倒れ込む。

「酔っ払ってるな！　僕はね、すごく感じ悪いロボットに会ってね、それからまた幽霊に会って、それから――」

「あんた、いつも幽霊の話ばっかし」ヒックとしゃっくりが出る。「どうしたのその顔、赤いデコボコだらけじゃない。あー、ほんとに美味しいお酒だった、ほんとにすごく酔っ払ったわ！」

「よかったね。僕にお土産の酒、持ってきてくれた？」

　答えはない。彼女は眠っている。

　こうして私が明かりを消し、闇の中で体をぼりぼり掻くとともに、不思議な一日は終わりを告げる。

その5　ラヲタと先生

「明日はラーメンよ！」とコジマが宣言する。「有名なラヲタが一緒よ！」

「食べ物、食べ物、食べ物」と私はため息をつく。「東京ってなんか、食べ物の話ばっかりだなあ！」

「来たくなかったら来なくていいのよ」と彼女は答える。

「まさか！　冗談だろ？　行くよ！」

私たちが行こうとしている特別なラーメン屋は護国寺にある。そばには丹下健三設計の目を奪うモダニスト建築、聖マリア大聖堂がそびえている。翌日、私たちが大聖堂に入り、空まで達するかというコンクリートの内部をぶらつくなか、コジマはラーメンの歴史をとうとうと語る。元は中国から安手の食事として入ってきて、一九五〇年代、六〇年代を支えた労働者たちに手軽な栄養源として愛された。「一九六四年のオリンピックめざして日本を再建する力になったのよ」とコジマは言う。「きっと、この大聖堂を建てる力にも」。私たちは首をのばして、はるか上を見やる。

だが庶民の食べ物ラーメンは、やがて美食の天空へと飛翔し、新世紀のグルメたちがこぞって創意と情熱を注ぐ対象に変容した。その好例が、いま私たちがラヲタと待ちあわせた店である。

明るい、洒落た小さな店舗の上に掛かった看板には、英語で“BUILDING A BETTER BOWL—YOU BET!”（よりよい一杯をめざします——そうとも！）と書かれている。売れっ子の若手「ハイパーラーメン・クリエイター」ケンジの経営する高級ラーメンチェーンの一店なのだ。

一方ラヲタはといえば、これが名はホーマー、アメリカ人である。背が高く肩幅も広く、三十代なかばで、LAレイカーズの紫のバスケットボール・キャップ、2PACの大きすぎるTシャツ、膝に派手に裂け目が入った超スリムのブラックジーンズを着こなし、大きな足にはVANSのクラシック・チェッカーボードのスニーカー。これでもう十分、そのヒップホップ的、筋金入りヒップスター的記号群に私たち中年は圧倒されてしまうが、加えて大きな手の爪は、ロリポップキャンディもかくやとばかりさまざまな色の狂乱。だが本人から愛想よく出てくる言葉は「さ、ラーメン食いに行こうぜ」のみである。

店内は、昔ながらの素朴なラーメン屋とはまるで違う。日本語と英語で書かれたお洒落なポスターが壁に貼られ、鰹節のイノシン酸と昆布のグルタミン酸で美食と化学の驚異を作り出す秘法を謳い上げている。言うまでもなく、これが名にし負うumamiを生むのだ。ガラスの仕切りの向こうで、白い仕事着を着た青白い顔の店員たちが、麺を作る粉を挽いている。「ケンジはね、産地直送食材ラーメンのパイオニアなのさ！」「北海道産の全粒粉だよ」とホーマーは賛意を示しながら券売機にコインを入れる。

私たちは丸椅子に座って順番を待ちながら、ホーマーの話を聞く。二〇〇〇年代に交換留学生としてロサンゼルスから東京へやって来て、どこか町外れのラーメン屋でクリーミーな味噌ラーメンを食べて「ラーメンサイケデリック」を体験し「脳味噌を焼かれた」。次のラーメン屋でも、ふたたび脳味噌を焼かれた。その次のラーメン屋でも。かくしてホーマーは日本に留まり、英語教師から始めて、eベイを使って日本のスニーカーオタク相手にレアなスニーカーを輸入するようになり、その間もずっと、日本じゅう一万軒のラーメン店のデータベースを脳内に構築してきた。感銘を受けた東京の某雑誌の編集者が、ホーマーともう一人のアメリカ人ラヲタに、ラーメンとラーメン店を滅茶苦茶こきおろす――何と非日本的か！――コラムを依頼し、これが大ヒット。いまやヒップホップ・ホーマーはテレビでも引っぱりだこで、インスタグラム@ramenanimal88は膨大なフォロワー数を誇り、ケンジとコラボしてさまざまな企画を行なっている。

「で、その爪は？」とコジマがさりげなく訊く。

ホーマーは肩をすくめ、爪を見せて、ニヤッと笑う。「ヘイ、いいじゃないッスか」

ラーメンが来る。私たちはさっそくズルズル啜り出す。私の白濁した豚骨はこってりして美味である。「うーん、この温泉玉子！」と叫ぶホーマーの、澄んだ海鮮ラーメンの丼の縁には削ったカラスミがまぶしてある。「このオレンジ色の黄身！」

みんなで玉子に見入る。

「爪の色にも最高じゃないかね」と私は言う。

食べ終えると、私たちはラーメン屋のしきたりに従って席を立ち、腹をぽんぽん叩きながら店の外のベンチに座る。タクシーがすっと寄ってきて、中からケンジが挨拶をよこす。さらにもう一店、海外ブランチをオープンしに行くところだという。今回はシンガポール。二〇一六年にはホーマーと共同でカリフォルニア支店も開いた。

「ヘイ、ウィー・ビルディング・ア・ベター・ボウル？（ねえ、僕たち、よりよい一杯つくってるかい？）」と彼はホーマーに、ぎこちない英語で訊く。

「ユー・ベット！（もちろん！）」と二人は一緒に叫び、陽気にハイタッチする。

ケンジはほっそりした、ひどく可愛い男性である。ホーマーが通訳してくれるところによれば、彼の野心は、ラーメンのステータスを寿司と同じ究極グルメに高めることだという。食材を探して日本中を回り、海外ではロックスターなみに扱われる。「ミシュランのスターシェフがみんな僕に会いたがるんだ」と彼は笑う。「こっちはただのラーメン屋なのにさ！」

飛行機に乗る支度をしに、ケンジは店内に消える。

ホーマーがため息をつく。ちゃんとしたラヲタやるのって楽じゃないんだよ、と彼はこぼす。東京だけでも毎年三百軒が新たに開店する。どうやってフォローできる？「こっちは年二百杯で精一杯だよ」と彼は言う。「日本人のラヲタ見てると、自分がまるっきりの素人に思えてくるよ！」。白いフェラーリに乗ってラーメン行脚する男のインスタグラムを彼は私たちに見せる。「この人、年に二千杯こなすんだよ――それに普通の食事もする！」。ホーマーは賛嘆の念に首を振る。「この人とこれから一緒に回ることになってて、じき迎えに来てくれるんだ。ねえ、一緒に来る？」

コジマと私は顔を見合わせる。私たちは二人とも満腹で、ごくんと唾を呑む。

その5
ラヲタと先生

「え、ええ——もちろん！」とコジマが叫ぶ。いつだって冒険のチャンスには飛びつくのだ。

「ヘイ、いいじゃないッスか」と私もニヤッと笑って言い添える。

これがとんだ間違い。

白いフェラーリが轟音を立てて現われ、がくんと停まる。派手なサングラスをかけた若き@ramenmonster77が運転席でニヤニヤ笑っている。フェラーリは二人乗りだが私たちは何とか体を押し込み、車はまた轟音を上げて走り出す。鼓膜が破れるかと思える三十分の高速ドライブ——私の頭はコジマの腋の下に突っこまれているので景色も何も見えたものじゃない——の末に九州スタイルのダブルスープ・ラーメンにたどり着く。私たちはその一部を騒々しく啜る。至高のラーメンサイケ、だが満腹の胃にはひどくヘビーだ。ふたたびギュウ詰め轟音の三十分ののち、今度はまぜ麺、汁なしラーメンで、コジマと私は歯ごたえある麺を必死に何口か飲み込み、呆然と目を合わせる。フェラーリの地獄の穴に戻る。さらなる轟音、過剰な左右の揺れ。「あたし、酔っちゃいそう」とコジマがわめく。「僕に……るなよ」と、いろんな体の部分に押しつぶされた私は喘ぎ喘ぎ言う。今度は目の前に、アイスクリーム・テキーララーメンの大きな丼——ここは人気AV女優が経営する「豊胸」ラーメン店。誰かがバッタ（そう、虫のバッタ！）ラーメンと思しきものをモグモグズルズルやっている。「やれやれ」ようやくアパートメントに帰った私は息も切れぎれ、同時にゲップを吐きながら言う。「どうやら肩も……脱臼しちゃったよ！」。

コジマがバスルームで情けない声を上げている。何度も水を流している。

「明日は有名なクッキングスクールに行くのよ！」と二日後、コジマが明るい声で宣言する。「江戸の料理を学ぶのよ。それと、ご飯の炊き方を！」

「えー！　勘弁してくれよ、また食べ物かよ！」

「心配ないわよ、今回のは軽いから。ラーメンとは全然違うのよ。おとといは狂ったラヲタたち相手にちょっとやり過ぎただけよ」と彼女は言う。「臆病なこと言ってちゃ駄目よ」

和食の伝統の保存と推進に努める由緒ある家庭料理学校は、虎ノ門の、ピカピカの高層オフィスビルに囲まれた小ぶりで古めのビルのなかにある。コジマと私は、小綺麗な授業用キッチンで、ひっそり黙った、大半は若い女性の日本人生徒十人くらいと一緒に座っている。先生があざやかな包丁さばきで、サバ一匹を、魔術師の杖の手際よさで花びらのごとき刺身に変身させるのを、私たちはかたずを呑んで見守る。先生は若く、王子さまみたいにハンサムだが、その態度は控えめでカジュアルだ。お洒落なジーンズに、ボタンダウンシャツ。爪を塗ったりはしていない。

先生が茹でカボチャの鍋を作るのを私たちは見守る。極上の出汁に浸った一品が湯気を上げている。

そしていよいよ、メインイベント。伝統的な、木の蓋のついたお釜で炊いたご飯。「お米に耳を澄ますんです」と先生は唱え、忠実な助手の女性がコジマと私のために声を殺して通訳してくれる。「米が渦巻くのを……泡立つのを聴くんです……水が蒸発する、パシャパシャ柔らかな音を……」。私たちは耳を澄ます。何もかもすごく禅っぽい。

「ラーメンサイケとは全然違うね」と私はコジマにささやく。

ご飯を味見したのち——大騒ぎしたわりにはけっこう普通だ——コジマが先生にインタビューしに私たちは上の階の部屋に行く。先生の母上がここで生け花を教えているのだ。サイドテーブルに、お釜が堂々と置かれている。

「日本人のお米の消費量は、一人あたり年間六十キロまで落ちてしまっています」と先生は重々しくコジマに言い、助手が重々しく通訳する。「一九六〇年代にはその倍でした。いまではパンの売上げの方が米より多いのです！　しかし、ご飯なくしては」と先生は言いはなつ。「我々は日本人でなくなってしまいます」

と、ドアをコンコン叩く音がする。先生がそっちを向く。ちょっと失礼、と片手を挙げて立ち上がり、ひどく年配の男を出迎え、助手が手を貸して男を部屋に導き入れる。三人はゆっくりお釜の前まで歩いていく。

おそろしく年老いた紳士に、私はじっと見入る。どこかで見た覚えがある気がするのだ……この人の若いバージョンを……かぼそい白髪ひげに包まれていない、シマリスみたいに丸い頬を。先生がお釜の蓋を持ち上げると、老人はぎくしゃくと身を乗り出し、ご飯の香りを深く吸い込む。

映画でやったのと同じしぐさだ。『殺しの烙印』。

「大変だ、宍戸錠だ！」私は呆然と口走り、椅子から立ち上がる。

「え、誰？」とコジマが言う。

「『殺しの烙印』の主役だよ——米が炊ける匂いに執着する殺し屋を演じたんだ！」

「ブキミねえ」とコジマは言う。「挨拶してきなさいよ！」

「うん、そうしたいけど……でもさ、すごくプライベートな雰囲気だし。ほら、あの顔の表情！」

私たちの会話は、怒った叫びや怒鳴り声が外から聞こえてきて中断される。

突然、ひとつの人影が部屋にすっと入ってくる——閉じたドアを通って！　私たちは息を呑む。

それはひどく小柄な、厳めしい様子の年配の男性だ。着物の上に、なんと日本のラグビーチームのジャージを羽織った幽霊である。幽霊はすさまじい剣幕で、釜を囲んだ人たちを叱咤する。それから彼は、私とコジマに気づく。

「ウェスタナーズ（西洋人）！」と彼は英語で叫ぶ。「ハロー！　私、この時代遅れどもに、日本人は肉を食わねばならんと説いておるのです！　江戸時代の鳥の餌なんかじゃいかん！　我らがチーム、ブレーヴ・ブロッサムズのように大きく、逞しくなるにはビーフが必要なのだ！」。ジャージを着た貧弱な胸を幽霊は叩く。

「わ、福沢諭吉だ！」とコジマが素っ頓狂な声を上げる。「あたし、この人に関する資料読んでたところよ！」

「え、誰？」

「明治時代の食事改革者、文明開化の理論家よ！　いち早く洋行したのよ！　一万円札に顔が載ってる！」

「肉を食わねばならん！」と福沢諭吉の幽霊は英語で、釜を囲む三人に向かって叫び、おそろしく老いた足を踏み鳴らす。先生はもの柔らかに、彼を黙らせようと試みる。だが宍戸錠は逆に歯を剝き出し、こちらも老いたこぶしで威嚇する。いまにもよろよろの空手キックをくり出しそうなしぐさを見せる。

「まあまあ、落着いて！」と私は場を丸く収めようと口をはさむ。

「ビーフ！　ラグビー・ワールドカップでロシアを打ち負かすために！」と明治の食事グルがキーキー声を上げる。「ロシアの負け熊のケツをもう一度踏みつける！」

「ちょっと、ちょっと待ってよね」とモスクワ生まれのコジマが歯を剝く。目が剣呑にギラギラ光る。「ロシアがどうこう言うんじゃないよ、爺さん！」

「ああ、どうか、どうか」と先生の助手が困り果てた顔で訴える。

だがここから先、生け花の部屋のお釜のかたわらで、事態はしばしさらに騒々しくなり、さらに静謐さから遠ざかってゆく。

その6　MISHIMA DRIFT

東京に滞在中、華やかな文芸イベントに私は出演することになっている。国際文化会館の主催で、多才なスター作家川上未映子と二人でトークをやるのだ。未映子とは二年ばかり前、私も寄稿している日本文学の雑誌『モンキー・ビジネス』英語版のツアーで彼女がニューヨークを訪れたときに知りあった。私がまた東京に来たら一緒に何かやろう、と二人で話していたのである。

というわけで、イベントもあと二晩に迫ってきて、すごく楽しみだ。それがけさ、何と！

「どうしたのよ」コジマが訊く。

「歯が！　歯がすごく痛いんだ！　ただの痛みじゃない、何か破滅的な、原初の痛みなんだ。これじゃイベントなんかできない！　耐えられないよ！」

私は悶々としてソファを叩く。「また呪わしい運命が！」

というのも、やはり日本絡みの、もうひとつの怪物級の歯痛の恐ろしい残響がここにはあるのだ。九〇年代前半、ロサンゼルスに住んでいた私は、コムデギャルソン春のメンズウェア・ショーのモデルの一人としてパリに招かれた（川久保玲はプロでない人間を好んで使うらしい)。というわけでパリに飛び、二、三日滞在した。結構な話である——ただ一点を除けば。埋もれている親知らずがものすごく痛んで、行き帰りのフライトでも、パリ滞在中も、すさまじい、いつ来るともわからぬ激痛にしじゅう苛まれていたのである。有難いことに、ステージを歩く最中は痛まなかった!

「そしてまたこれだ」と私は情けない声で嘆く。

「可哀想に」とコジマは言う。「でもこのへんにきっと、英語を喋れる歯医者がいるわよ」

「そりゃいるさ、だけどいくらかかると思う、破損してるだか感染してるだかの歯を外国人が抜いてもらうなんて? 僕の歯はどう見てもただ事じゃないんだよ」

アメリカでは、歯医者に行くことは破産への近道である。

だがほかに手はない。

歯科医院は近くの麻布十番にある、感じのいい小さなビルの一角を占めている。スタッフもみな感じのいい、てきぱき働く若い女性である。「虫歯ではありません。破損もありません」と、レントゲンと診察を終えた歯科医が英語で請けあってくれる。「たぶん緊張から来る痛みです。歯ぎしりとか」

私は呆然と目を丸くして彼女を見る。そしてさらに呆然と請求書を見る。ものすごく安いのだ。

というわけで、安堵に心も軽く、イベント当日の午後に私は国際文化会館《インターナショナル・ハウス》、通称アイハウスに着く。歯科医に頼もしい言葉をもらって以来、歯痛は一気に和らいだ(人間の心理とはまったく妙なものだ)。そしてアイハウス。日本風五〇年代モダニズム国際様式の、何と

その6
MISHIMA DRIFT

気高い一例か。コンクリートの軽やかな幾何構造が、水平の線を何本ものばしている。コジマと私はここの宿泊施設の一室を一泊提供してもらっていて、部屋は風通しがよく、禅的に静謐、優雅にシンプルで、窓からは名高い、美しいアイハウス日本庭園を見下せる。

「さっき知ったんだけど、ここで誰が結婚披露宴を開いたと思う?」と私は叫ぶ。「三島由紀夫だよ!」

「すごいわね。あの人結婚してたの?」とコジマが言う。

私は館内を偵察に行き、コジマはベッドでくつろぐ。

一階で未映子に出くわし、私たちは温かい挨拶の言葉を交わす。通訳がいないので、挨拶は簡潔にならざるをえない。

「いやあ、華麗な人だよ!」と私は部屋に戻ってコジマに言う。「白いシルクのシースドレスを着て、黒髪はふわっと内巻きで。僕、彼女と並んだらまるっきり田吾作に見えるね」

それを証明するかのごとく、私はよりによって、持ってきたお洒落なシャツの襟に紅茶をこぼしてしまう。

「ギャーギャー言うのやめなさい、しっかりしなさいよ!」とコジマが化粧鏡から叱る。「今夜はスカーフを巻いて出なさいよ、しみが隠せるでしょ」

たしかに。晩は実に楽しく進んでいく。会場は満員。センセイさん――わが名高き翻訳者を私はこう呼ぶ――と二人で新作を朗読する。宝くじに当たったはいいが、賞品の金《きん》とは、融かした金箔を顔に塗られることだと知らされる男の話である。コジマと私の友人で東京に住むガイジンが最前列でガハハと笑い、コジマはそっと私に合図し朗読の声を張り上げるなと伝える。未映子が朗読すると、私は気が散って英語の翻訳をいまひとつ追えないが、観客は大喜び。それから二人で「声」の大切さについて語りあう。途中、私はさりげなく、三島が国際文化会館で結婚披露宴を開いた話をもぐり込ませる。何とも興味深い文学的遺産ではありませんか？

それから私たちは本にサインする。未映子はしきりにグループ・セルフィーを撮っている若いファンたちに囲まれている。私はニコニコ笑っているが、囲んでくれるファンの輪もなく内心ちょっと嫉妬している（感じのいい若いファンが一人寄ってくるが、私と対面してほとんど恐怖に震えている――私がふだんは施設に閉じ込められているとでも思っているみたいだ。無理ないわよね、とコジマは言うだろう）。一瞬、うしろの方にいる女の子が私と目を合わせる。白っぽいもしゃもしゃのアフロ・ウィグハットをかぶっている。何だか妙に見覚えのある女の子だ。

打ち上げの夕食会が、近所のイタリアンレストランで開かれる。流行の最先端を行く未映子が東京出身ではないことを私は知る。彼女は大阪人なのだ。ゆえに彼女には、泥臭い、野卑と言ってもいい側面がある。「オオサカ！　マンザイ！」と私は叫ぶ。「マンザイ！」と彼女は笑って応え、私たちはビールの巨大なジョッキをかちんと合わせる。わが歯痛をめぐる奇跡の物語を私は大きなテーブルのみんなに向かって語るが、フードライターのコジマがそれをさえぎり、自著のリサーチのために、あなたたちの一番好きなラーメンは何かと訊ねる。未映子は大量生産のラーメンが大好きだ。「私たち元気世代はうま味調味料中毒なの」と彼女は叫ぶ。「味の素――わかっちゃいるけどやめられない！」

「いい晩だったなあ！」と、午前零時を過ぎてアイハウスの部屋に戻った私は声を上げる。ラグーのソースがスカーフに染みていたって構わない。コジマはうなり声を漏らす。もうほとんど眠っているのだ。私はため息をつき、明かりを消す。ところが眠れない。この数時間が脳内でリプレーされていて、興奮が醒めないのだ。それに、アイハウスの季刊の会報に、ここでの宿泊について短い物語を書くよう依頼されていて、脳はすでにいろんな可能性をせわしなくいじくり回している。

そっと外に出て、月光の日本庭園を散歩することにする。

庭園とその影は、静寂を永遠に祝福する舞台装置を思わせる。石灯籠に護られた、建物の裏手にひっそり造られた小さな鯉の池に私は歩いていく。それからゆっくり庭園を見回す。月に照らされた、絹の如き地面。雲のかたまりのようにこんもり茂った暗い木々を背景にした、彫刻のごとく刈り込まれた藪の暗い幾何学模様。これをみんな独り占めしているのだと思うと笑みが湧いてきて、月光の下で私は自分を祝福する。

と思ったら、独り占めではない。中年男の三人組が、建物の向こう側から、そうっと這うように現われるのだ。

そして彼らの体は、ちらちら揺れている。

私は目を白黒させる。

幽霊……？

私はそのへんの彫刻的な藪の蔭に隠れる。恐るおそる見てみる——と、そこにもう一人いることに私は気づく。

小柄な若い女性が、一メートルばかり離れたところからそっと見ているのだ。二十代前半、キュートな丸顔、頭には色の薄いもしゃもしゃのウィグハット。体がちらちら揺れている。私は目を白黒させる。

「あなたのこと、見ましたよね——今夜のイベントで」と私は小声でしどろもどろに言う。

「すみません、英語は話せますか?」

「はい、夫に教わりました」と彼女は答える。軽く、幽霊風のお辞儀。「はは、ご覧なさいな、あの人たち」彼女はクスクス笑って、いまや裸足になりズボンの裾をまくって鯉の池の前に集まっている幽霊紳士三人組を指さす。

「あれ、何やってるんです? 誰ですか、あの人たち?」

前世では三人ともこの建物を設計した著名な建築家だったのです、と彼女は答える。「あまりにもこの建物を愛しているので、くり返し戻ってきては、鯉の池のなかに永遠に隠れようとするのです。けれど鯉が許しません。ほら!」

建築家たちはじりじり池に入っていく。水が抗議するように激しく渦巻く。彼らはよたよたと後ずさる。じきに悲しげな顔であきらめ、靴を手に持ちこそこそと、もと来た方へ退散する。

「ハハ! ハハ!」女の子と私は一緒に笑う。

気まずい沈黙が生じる。

私はえへんと咳払いする。「で、あなたも未映子のファン?」。ほかに何と言っていいかわからないのだ。

「ええもちろん。でもイベントは見ませんでした」と彼女は言う。「ここへ戻ってきたことに、すっかり心を奪われていたから」。彼女は藪から歩み出て、周りをほれぼれと眺める。「ああ、私たちの結婚披露宴の幸せな記憶、あの晩夫の家族と私の家族はほとんど口を利かなかったけれど。気の毒に、川端先生は何とか場をつくろおうと必死になっていらした」

認識の戦慄が私の体内を貫く。「ちょっと待って――僕、あなたがそのウィグハットかぶっている写真見ましたよ。あなたの新婚旅行の！　あなた、平岡瑤子さんですね、三島由紀夫の妻の」。突然、私はごくんと唾を呑む。「待って――あの人もここにいるんですか？」

彼女は笑う。「いえいえ、いまも一晩じゅう仕事してます、昔と同じで」

「え、だって首が――」思わず口走りかけた無礼な一言が、辛うじて途中で消える。

「ほんとに綺麗」と彼女は、私が暗に訊ねた問いも無視して、じっと見たまま言う。「私、ここに若いころの姿で戻ってくるの大好き。ねえ！」と彼女はいきなり叫んでさっと体を回す。「ドライブ、行かない？」

「ドライブ？　いま？」

「そうよ！　私ドライブ大好き、レーシングカーにも乗ってみたかったんだけど、夫に駄目って言われて」

「いやその、ガールフレンドが……」と私は断りかけ、静謐に幾何的な建物の、自分の部屋の窓の方を身振りで示す。それから私は考える。お前、こんなチャンス逃すなんて、気でも狂ったか？

「いいとも！」と私は答える。

キュートな一九六〇年代型ピンクのダットサンが、アイハウス玄関前でちらちら揺れて待っている。

「これ、僕も乗れるのかな、幽霊じゃないんだけど?」

「決まってるでしょ!」と瑶子は笑う。

私も笑い返して、乗り込む。「僕ねえ、東京ですごくたくさん幽霊に会ってるんだよ!」と彼女に言う。

「そりゃそうよ、日本ですもの」お洒落な運転用手袋をはめながら彼女はウインクする。

ガタゴトと門を抜けると、車はアイハウスの壁沿いの坂を一気に下って大通りに出て、狂おしく尻を振り、漂うようにカーブして、彼女がハンドブレーキを引っぱるなか、やがてまっすぐ走り出し、飛ぶように進んでいく。

ヤッホー!

「ねえ、『TOKYO DRIFT』っていうアクション映画観たことある?」と私は必死につかまりながら叫ぶ。

「何度も観たわ!」と彼女はハンドルをしっかり握ったまま答える。

ディナーの会場だったイタリアンレストランの前も飛ぶように過ぎ、麻布十番に入っていく。

「あそこに見えてきた建物、あそこで歯医者に行ったんだ!」と私は指さす。そうしてわが歯痛のサーガを語り出す。

きっとまた同じ話を聞かされて運命が苛立ったのだろう、ダットサンのタイヤがパンクしてしまう。車はガタガタ無茶苦茶に揺れ、髪も逆立つ恐ろしさだが、なんとか無事歩道に乗り上げる。

　夜のドライブもそこで終わる。パンクしたダットサンはここへ置き去りにして、日が昇ったら消えてもらうしかない。瑤子は通常の幽霊的手段で早急に戻らないといけない。夫が夜ごとの仕事を終えて書斎から出てきたときに、出迎えねばならないのだ。

　というわけで、不器用に優しい思いに心を動かされつつ——二人とも、だろうか？——そそくさと別れの言葉を交わしたあと、私は独り、午前四時過ぎにアイハウスの入口ゲートから中へ戻っていく。ああ、なんという一夜だったか！　守衛がやっと玄関を開けてくれると——鍵は部屋に置いてきてしまったのだ——私は守衛に向かって、建物の隅でちらちら揺れてまた鯉の池に挑戦しようとしている三人の方を指さし、そっとウインクする。だが守衛は疲れた顔でうなり声を漏らすだけで、私が中に入るとドアに施錠し、カウンターに戻っていく。

　守衛もちらちら揺れている。

「ねえ」と私は彼に向けて、瑤子に訊き忘れた問いを発する。「ひょっとして、オヤジギャグが好きな年輩の床屋、知りません？」

「床屋はだいたいみんなオヤジギャグ好きですよ」と彼は答える。「ここは東京ですから」

　そうして守衛はあくびをして、お休みなさいの挨拶にお辞儀をする。

その7　地獄庭園＋ゴミ屋敷

都築響一。わが理想の東京人！　B級文化、オフビート文化の記録者にして収集者、カメラとペンを引っさげてさまようアーティな人類学者。アメリカでもっともよく知られた響一の仕事は、文章を添えた写真集『TOKYO STYLE』である。東京じゅうの散らかった、ぎっしり物が詰まった小さなアパート。近藤麻理恵の明るいミニマリズムの対極にある美学だ。ほかにも、東京の若きファッショニスタたちが服のコレクションに嬉々として埋もれている『着倒れ方丈記』、消えゆく秘宝館やラブホテルなど異様かつ奇怪な沿道アトラクションを追う『ROADSIDE JAPAN　珍日本紀行』。

響一に連絡したのは、何年か前、コンマリの本がアメリカで初めて出版されて、私が彼女に関する記事を書いていたときのことだ。私自身当時、片付けられないこと、物をため込んでしまうことをめぐる回想録を出したばかりで、彼女の本を読んで、相当に馬鹿馬鹿しいと思い、それが話題になっていることに戸惑い、苛立っていた。嬉しいことに、響一も同感だった。

「ああいうのってさ、よくあるダイエットとかと同じだと思うんだよね」と彼は流暢な英語でメールに書いてきた。「郊外に住む退屈した主婦目当てだよ」

その上なんと、彼は私の小説を読んでいた！

「だから当然、会わなくちゃ！」と、日本に来ているいま、私はコジマに言う。

「この人、キュートよね」とコジマがネットで彼の写真をじっくり見ながら言った。「お釈迦様みたいで」

ぽっちゃりした頬っぺた、小さなメタルフレームの眼鏡、黒いTシャツ、頭の薄いお釈迦様。この人物が我々を、皇居近くにある商業ビルの最上階に招き入れてくれる。ぎっしり詰まった本棚、偽の鹿の頭（実は巨大な目、角ひとつの可愛い鼠）の壁掛けトロフィーの下で、我々は緑茶をご馳走になる。

「あなたの住居、間違いなくアンチ＝コンマリだね！」と私はあたりを見回しながら讃える。

「うん、俺の知りあい、みんなあの人のこと無視してるよね」と彼はくっくと笑う。無遠慮な意見を言うときにもの柔らかに笑うのがこの人のやり方なのだ。あるライフスタイル誌に問われた彼が、日本の雑誌でもっと見たいのは（1）セックス、（2）暴力、（3）馬鹿な人たち、（4）貧乏な人たちだ、と涼しい顔で答えていたことを私は思い出す。

どういうわけか、コジマがたちまち、目下自分が進めているグルメラーメン屋リサーチをめぐる会話に響一を巻き込む。「でもさ、ほんとのラーメン屋ってのはさ」と彼は穏やかに訴える。「店内はボロボロ、客もニキビだらけとかじゃないと！」。「ラーメンのオリジナリティ？」その途方もない考えに彼はクスクス笑う。

私は二人を残して、アパートメントのなかをさまよって響一ワールドを味わう。このロフトスペースは、お洒落なジャンクショップと博物館の混合であり、マンハッタンのダウンタウンにあるアパートメントと広さもそんなに変わらず、『TOKYO STYLE』の小人国サイズとは全然違う。横に長い本棚には、大量の本はむろん、ポップアートや民芸の小物、彫像、陶磁器マグなどもぎっしり詰まっている。床には開いた木箱や紙箱が並び、レコード、CD、DVDが入念に保存されている。私のさまよう目はそのシュールなアンサンブルに歓喜する。ぽっちゃりした赤児の小像（響一そっくり！）が足指をくわえていたりやんちゃな子犬におムツを引き下ろされていたりするかと思えば、隣では中国の立像が共産主義ふうに英雄のポーズをとり、その横は東南アジアの寺院の踊り手の像……ニヤッと笑う十代の橋幸夫の演歌シングル、日本の警察官に関するパンフレット、『国際空港トイレの音』なるLP……ヤクザ写真集のかたわらはジョージア・オキーフ展のカタログ、そのそばにはチャールズ・ブコウスキーのボロボロの詩集（英語）と、フェイクのマクドナルド・フライドポテトの箱。

「ざまーみろ、コンマリ！」と私は上機嫌でニヤニヤ笑う。

テーブルに戻ると、響一はコジマにソ連の「肋骨レコード」を見せている。ソビエト連邦時代の、古いレントゲン写真に刻んだ禁断のレコードである。モスクワ生まれのコジマには、ソビエト時代を回想した食べ物と家族をめぐる著作がある。

つまり響一が語りあうのは、コジマの著書であって、私のじゃない！

「来週、展覧会のオープニングだからさ、ぜひ来てよ」と彼は帰ろうとしている私たちに言う。そしてくっくっと笑う。「渋谷残酷劇場っていうんだ。『男と女』ってフランスの名作映画あるでしょ、あれの音楽の歌詞書いた男の奥さんがオーナーやってるギャラリーでやるんだ」

「地獄の入口へようこそ」と、自分たちのアパートメントに帰ってから、響一にもらった招待状を私は読み上げる。

「すっごくいい人ねえ」とコジマが嬉しそうに言う。

オープニングは夜に（十八歳未満お断り）、渋谷スクランブル交差点の閃光と轟音からほんの数ブロックのところにある銀色っぽい真新しいビルの上階で行なわれる。陰惨なゾンビに扮した陽気なご婦人二人が、響一を（そして彼のTシャツに描かれた蛍光色の骸骨を）ハグする。響一が立っている隣には、等身大の若い女のなまめかしい像が、縛られ足を広げられ仰向けに横たわっている。彼女のヴァギナから偽の蛇がくねくね何匹も出ているのを見ても、私は平然とした顔を装おうと努める。露出した脳を描いたストッキングキャップをかぶった別のご婦人が、切断されて萎びた魔女の指みたいなクッキーの皿を差し出して私とコジマを迎え入れる。「美味しい」とコジマは魔女の紫色の爪を齧《かじ》りながら言い、目玉に似せたエッグカナッペについても同じことを言う。

コジマが陰惨ゾンビたちと一緒に写真を撮っているあいだ、私は薄暗い照明を施した地獄の庭を探索する。「どの宗教においても、天国より地獄のほうがはるかに豊かな表現にあふれています（……）不幸なもの、醜いもの、悲しいもの、恐ろしいものにわれわれは惹かれるのです」と、展覧会パンフレットの英語の部分に響一は書いている。

まさにそうしたものたち、バンコク郊外にある寺の、ズバリ「地獄庭園」と名付けられた煉獄に置かれた多彩色の像たちが演じるサイコ的に野蛮な拷問の拡大写真が、これでもか、これでもかと部屋一面に貼られている。私はたじろぎ、息を呑む。スマホのYouTubeで『男と女』のテーマ曲を探し出し、耳につけて自分専用のサウンドトラックにする。

「コム・ノ・ヴォア（私たちの声のように）・バ・ダ・バ・ダ・ダ……」とギャラリーのオーナーの夫が陽気に歌うなか、私は恐ろしい先天的欠損症を患った顔面の蠟人形の拡大写真を見て回る。

「バ・ダ・バ・ダ・ダ・ダ・ダ・ダ……」タイで行なわれる、顔を刺す儀式の写真のあいだを私は通っていく。「バ・ダ・バ・ダ・ダ・ダ・ダ……」『ダーティハリー』の巨大なリボルバー二丁の銃身が頬に十字に突き刺さった若い男を私はじっくり眺める。「バ・ダ・バ・ダ・ダ・ダ・ダ……」口許を貫く鉄の棒を男が掲げ、棒からクルーズ船（！）の一メートル強のレプリカがぶら下がっている情景の前で私は立ちどまる。

「コム・ユヌ・シャンス・コム・ユヌ・エスポワール（チャンスのように　希望のように）……」拷問博物館の見本が並ぶ。

そろそろコジマの許へ戻らないと。

「友だちのヤクモさんが来れなくて残念だよ」と、入口近く、飲み物とスナックを置いたテーブルの前にコジマと一緒にいる響一が言う。「あんた、会ったら絶対気に入るよ」と彼は私に言う。

「そうなんだ、じゃあまたいつか。作家なの？」

響一は頷きながら、イエスを意味してくっくっと笑う。あ、そういえばさ——と彼はさらに言う――このオープニングのあと、あんたとコジマ時間空いてたら、あと一時間くらいするとこの近所でCMの撮影やるんだよ。「けっこう興味深いと思うよ」と彼は誘惑的に言う。あいだの時間を利用して、コジマと二人で、響一に教わった昔ながらのラーメン屋へ「リサーチ」に向かう。渋谷のラブホ街裏の坂道を上がったあたりである。一緒になった客にニキビだらけの若者はいないが、それでも麺はすごく美味しい。

撮影用に借りた、いかがわしい見かけの元ラブホテルの前で響一が待っていてくれる。「コーヒーのコマーシャルなんだ」と彼は言い、私たちを連れて警備員の前を通っていきながら、魔女の指の残りを袋からつまんではもぐもぐ嚙む。

三階建てのビルの中は家具も持ち去られ、いまではひとつのだだっ広いスペースである。キッチュなバルコニーの残骸の下から私たちは見物する。カメラ、照明、機材ケース、せわしく動くスタッフたちの向こうにある、スポットライトを浴びてギラギラ光っているものすごく奇妙なセットを私はあんぐり口を開けて眺める。何も載っていない、細い歩道橋が、スペースの端から端へと、散らかった、おそらくは黴も生えかけたゴミの海の上にかかっているのだ。この歩道橋から、禍々しく、狂気のパッケージを施されたゴリラのウンコのごとく、巨大な、茶色い、フォームラバー製の、KR-A-A-ZY KOFFEE!! と書かれた缶が垂れ下がっている!

「なんかゲームショーみたいだよね、『風雲！たけし城』みたく」と響一が言ってニタッと笑う。

「てゆうか、近藤麻理恵の思い描く地獄？」私もケラケラ笑う。それから私は目を白黒させる。「え、ちょっと待って、じゃああれってゲームに出る人たち?」

　体形も大きさもさまざまな若い女たちの群れが、歩道橋の両端の階段へいそいそ向かっている。みんな同じ、一点のシミもない白いブラウスにスカートという格好で、長い黒髪の大きすぎるカツラが肩の下まで垂れている!

「ハハハ、コンマリおちょくってるよね!」と響一が笑う。「ほらあそこ、ネオンサイン光ってるの見える? たけしのゴミ屋敷って書いてあるんだよ」

　啞然——ほんとかよ。

「このCM、北野武が出るわけ?」私は口から泡を吹いている。「僕、大ファンなんだよ、もう何年も前にニューヨークでインタビューしたこともあるんだ、本も一冊プレゼントしたんだよ! 僕の人生最大の野望は北野武のヤクザ映画で銃を撃つことなんだ!」

「え、誰?」とコジマが言う。「あたし、あのカツラひとつ欲しい!」

「言ったろ、興味深いって!」響一がまた笑う。突然、彼は私の向こう側にさっと身を乗り出す。「ヤクモさん! なぁんだ、ここにいたのか!」。バルコニーの下の陰、そばにいる誰かに英語で話しかけている。「オープニング、来てもらえなくて残念だったよ、きっと楽しんでもらえたよ!」

　さっき紹介したいって言った友だちだよ、と響一がささやく。

「伺えなくて申し訳なかったですよ」と友人は英語で答える。小柄の、年配の西洋人紳士で、長い口ひげは先が垂れ、着物を着て、馬鹿みたいにつばの広い帽子という出で立ち。「ご存知のとおり、私は風変わりなもの、奇怪なもの、異様なものに目がないですからね」と紳士はさらに言う。「でもね、たけしさんにぜひお伝えしたい、映画に絶好のアイデアがありましてね！」。肩から掛けた布の鞄を彼はぽんぽん叩く。

　そうして彼は、ちらちら揺れているように見える……

「これって」私はごくりと唾を呑む。「ラフカディオ・ハーンの幽霊……」

「うん、英語の名前はね」と響一が言う。

「ゲェ！」とコジマがわめく。私の腕をぎゅっと掴む。「気持ちわるーい、あの出目金みたいな目！」

「シーッ！」と私は彼女を黙らせる。「礼儀をわきまえろよ、この人は偉い作家なんだよ。ラフカディオさん！」私は呼びかける。「私、長年愛読してきたんです、あなたのこの世ならぬ――」

　と、音楽が轟いて私の声をかき消す。コマーシャルの撮影が始まったのだ。歩道橋の両端で、近藤麻理恵のそっくりさんたちが服の山を必死にたたんで小綺麗な山に積み上げ、それを危なっかしく抱えて歩道橋の向こう端まで競走し、その間ずっと巨大なKR-A-A-ZY KOFFEE!!の缶は死を呼ぶ弧を描いて揺れる。悲鳴を上げるゲーム参加者たちに缶が命中し、彼女たちも服も下のゴミの山へ華々しく落ちていく。

「バッカみたい！」とコジマが叫び、笑って手を叩く。

「白痴的」と私は呟き、ゲラゲラ笑い出す。白いスカートが舞い上がるなか、私はげんこつを振り回す。見れば幽霊ラフカディオ・ハーンも同じことをしている。

　突然、聞き覚えある声が叫ぶ――「I'M KR-A-A-ZY!!」

大騒動の上に設けられた舞台に、黒いヤクザグラスをかけた御大その人が躍り出る。

ゴミの海に埋もれた、いまやボロボロのゲーム参加者たちも、たけしの姿に歓声を上げ、彼が奇怪な、痙攣のごときダンスを始めると、もうすっかり狂乱状態に陥る。

「I'M KR-A-A-ZY! SO KR-A-A-ZY!」たけしはお経でも唱えるみたいに叫び、KR-A-A-ZY KOFFEE の缶（普通サイズ）を四方八方に放り投げる。

瘋癲院の狂乱。

「**ワオ！**」と私もわめく。

と、たけしがサブマシンガンをさっと出し、ババババババ、と下のシーンに向けて発砲しはじめ、すさまじい銃声が轟く。コンマリのそっくりさんたちはぬいぐるみみたいに転がり、偽の血（だよね？）がそこらじゅうに噴き出し、飛び散る。

「**ワオ！　イエース！**」銃撃が続くなか私は吠える。私の分のサブマシンガンもないかと、狂おしくあたりを見回す。そばに、武器がどっさり入った袋を持ったスタッフがいる。身をすくませ轟音に耳をふさいでいるコジマの脇を私はあたふたとすり抜け、スタッフの抗議も無視して武器を一丁摑む。

ラフカディオ・ハーンも同じことをする。

肩を並べて私たちは立つ、幽霊と人間、たけしのゴミ屋敷にババババババと弾丸を撃ち込む、耳を聾する騒音のなか狂気と歓喜に包まれて。

響一は愉快そうに見物している。

コジマはそうではない。痛む耳をぎゅっと手で覆いながら、足を踏みならして、帰ろうと合図する。

かくして、しぶしぶ私は立ち去る。やがてコジマの不機嫌も直る。ひとつにはそれは、深夜の、さらにもう一杯の「リサーチ」ラーメンのおかげである。そしてもうひとつ。どうやってだか彼女は、近藤麻理恵かつらを、ちゃっかりひとつくすねてきたのだ。

その8　ミスター・ピーピー

「お酒飲むなら、東京は世界一よ」とコジマが宣言する。

私たちはいま新橋にいて、二人共に愛する、一九六〇年代築の駅前ビル1号館の、蛍光灯に照らされた一階に並ぶ飲み屋を再訪している。

カチン、と長野の美酒（格安！）の大きなグラスを鳴らし、私たちは我らが飲み友だちミスター・キモノと乾杯する。我々がミスター・キモノと呼ぶこの御仁、飲み屋がひしめくこの一画の常連であり、陽気で気さくな、どこへ行くにも麦わらのフェドーラ帽にグレーの着物という人目を惹く姿の元サラリーマンである。アメリカに住んだことがあるので英語は達者、一緒にいて実に気持ちのいい人物だが、冴えない冗談をやたら飛ばして「オヤジギャグ」のイメージを貶めるのが玉に瑕《きず》ではある。

そばの立ち飲み九州酒場で焼酎を味見しているミスター・キモノの許から、私たちはしばし離れる。

酒もつまみも一級だが、駅前各店は「お洒落」の正反対である。どの店も驚くほど安く、店内も心地よく簡素。何といってもここは、昔ながらのオフィスビルなのだ！　店はどこもサラリーマン御用達である。いま我々の周りにいるのも、あらゆる世代のサラリーマン、若干の若きOL、一握りのガイジン・日本人のお洒落な若者だ。

さて、駅前ウェルギリウス〔『神曲』でダンテに地獄を案内するローマの詩人〕たるミスター・キモノに連れられて、私たちは新たな地下ツアーにくり出す。薄暗い迷路の両脇に、ひどく小さな、カーテンで仕切られた、仕事帰りの常連だけを相手にしている飲み屋が並ぶ。ひっそり隠れた、喉の渇いた新参者を寄せつけぬミニ聖域。さらに進んで、やはり蛍光灯に照らされた、言わばもう少し公的な飲み屋が並ぶ広めの廊下に出る。ここでとびっきり上等の（そしてとびっきり安い）日本製ウイスキーを味見し、愛想の好い赤ら顔の中間管理職タイプとお喋りしたあと、晩の締めくくりに、ミスター・キモノ世代の酔っ払い仲間たちとともにハイボールのグラスを高々と上げる。自撮りグループ写真に写った私たちは、みんな幸福な提灯みたいにアルコール光を発している。

私はしばし陰気な気分に陥り、自問する。この駅前ビル世界は、あとどれくらい生きのびるだろう。ここは二〇二〇年オリンピックの開発の影が忍び寄る、貴重な不動産なのだ……。

今夜はこれでお開きと、コジマと私は最寄りの地下鉄に危なっかしい足どりで降りていく。酔いどれ東京を同じく楽しんだ者たち――サラリーマン！――がノートパソコンやショルダーバッグを抱えて駅の椅子や床に大の字になっている。前後不覚。私はあははと笑う。アメリカでこんなことをやったらみんな激怒するだろう。東京では、ただの酔っ払い！「酔うには最高の街！」と私は嬉々として言いはなつ。「乗ってみたいね、かの有名な、深夜の通勤電車！」と私はコジマに言う。「べろんべろんの会社員でぎっしり満員！」

「あんた、そういうの好きよね」と上の空で呟くコジマは、今夜の自分のインスタグラムをほれぼれと眺めている。

東京的酩酊をさらに追究せんと、何日かあとの夜に私たちは、私の所属するエージェンシーに勤務するジュンゾーとともに新宿ゴールデン街へ向かう。十年前に訪ねていったとき、ゴールデン街の飲み屋横丁は、我が最悪の酔いを締めくくる場であった。新宿の立ち飲み屋二、三軒でワンカップ酒をガブ飲みすることから始まり、おしまいには、ゴールデン街の薄暗いネオンの灯った怪しげな裏道を私がジュンゾーの前任者にしがみついて千鳥足で歩み、そんな己の醜態にアメリカ人としての私が困惑し素っ頓狂な声を上げるという体《てい》たらくであった。きわめつきは、私が壁の前に立ち、衆人環視の下で行なった放尿。東京のフォークロア的一夜を楽しんだ外国人作家（私）が贈った、優美なる形見。翌日私たちはみんなこの件を笑い飛ばしたが、私の笑いには頭痛と、オドオドした気分が伴っていた。

そしていま、ゴールデン街と、その酔いどれ的快楽を再訪するのだ。ただし今回は少し控えめに！

行ってみると、何たることか、そこは旅行者で一杯である。

やかましい若きオーストラリア人たちが、カーテンで仕切られた小さな飲み屋を占領し、裏道にまであふれている。観光ツアー地獄のハイライト映像という趣。「こんなの耐えられない！　こいつら、ゴールデン街を駄目にしてしまった！」と私は嘆く。「さっさとここから出ないと！」

私は人波を押しのけて立ち去ろうとするが、と、耳許でオーストラリア人の叫び声が上がる――「おい、あいつだぜ！」。誰かの手が私の肩を掴む。私はさっと向き直る。山羊ヒゲの、野球帽をかぶった若造が、私を見てニタニタ笑っている。「あんたじゃないか！」とそいつはどなる。そうしてスマホの写真をふりかざす。「みんな」と彼はまわりの連中に向かってわめく。「ミスター・ピーピー《おしっこ》だよ！」。私は目を白黒させて写真を見る。ピントのぼけた、日本語のウェブサイトに出ている写真。男がオドオドと周りを見ながら壁に立ち小便をしている。

信じがたいことに、男は私に似ている。

「あんた有名なんだよ、ミスター・ピーピー！」その男が叫ぶ。そして握手を求めて分厚い手を私に差し出す。

私はその手をピシャッと払いのけ、口から泡を吹きながら人々を押しのけ、ニタニタ笑う顔や突き上げられた親指のあいだを通り抜けていく。

「ああ、どうしたらわかるだろう、あんな写真を載せた奴が誰なのか。僕は日本語が読めないし、あそこにMr. Peepeeと英語で書いてあったわけでもないし！」と私が情けない声を上げるなか、私たちはジュンゾーが提案した新宿の高級バーのくねくね曲がった中庭に入っていく。

「よかったら、日本語のグーグルで『ミスター・ピーピー』探してみますよ」とジュンゾーが言ってくれる。

「いやいや結構、必要ないよ」と私はあわてて言う。私たちはそろそろと、木に吊した提灯の薄暗い光の下を進んでいく。

「笑えるじゃない」とコジマが言う。そして実際くっくっと笑う。「ミスター・ピーピー」

薄闇のなかで私が言い返そうとしたとたん、バン！　酒場の完璧に透明なガラスの玄関ドアに私の顔が激突する。

私たちはそれぞれ自分の酒をいたわるようにちびちび飲み、私は氷で鼻をいたわる。

「このカクテル、美味しい！」とコジマが言う。「あんたの日本酒は？」

「いいよ」と私はうめく。

「かわいそうに……」と彼女は言う。そしてニヤッと笑う。「ミスター・ピーピー」

「いい加減にしろ」と私はうなる。

「日本語のグーグル、検索しなくていいですか？」とジュンゾーがもう一度言ってくれる。

いまやジュンゾーまでニタニタ笑っている。

幸い私の元気は（そして鼻の状態も）、コジマと二人で私の翻訳者とその妻を訪ね、彼らが住む東京の南端に赴くころにはだいぶ戻ってきている。彼らは私たちを、お気に入りの店に連れていってくれる。「シンプルな場所ですけど、美味しいんです」と私の翻訳者は言う。

本当に美味しい！　枝豆の天ぷら、野菜のゼリー、海老入りの壮麗なる土鍋ご飯等々に、私とコジマがおお、ああと賛嘆の声を上げるたびに、わが翻訳者は誇らしげにニヤッと笑う。そして我々は、四本の巨大な瓶に入った酒を一つひとつじっくり味見する。

「じゃ僕、日本語のサイトで『ミスター・ピーピー』探してみましょうか？」

私が最近の経験を物語ったのを受けて、翻訳者がそう面白半分に提案する。

私たちはみんなあははと笑う。酔いどれ気分で。

食事が済むとコンビニに立ち寄り、日本ならではの品々にクスクス笑う――各種取りそろえられた、二日酔い解消サプリ。つねにリサーチ怠らぬコジマは、明るいピンク色の肝臓の絵が描かれた包みを二つ買う。

それから駅に向かってのんびり歩きながら、私は陽気に、酔いつぶれたサラリーマンでぎっしりの通勤電車に乗りたいという欲求をいま一度口にする。と、突然、私たちは立ち止まる。街路に吊された、プラスチックのモミジの葉のキュートな飾りの下で、でっぷりした背広姿の中年男性が酔いつぶれ、壁に寄りかかって横たわっている。かたわらにはブリーフケース。鼈甲《べっこう》メガネの下、その顔は血に覆われている。酔って前後不覚になって何かに激突したにちがいない。

「これって……警察呼んだ方がいいかな?」と私は恐るおそる言う。

が、私たちの誰一人何もしないし、何をしたらいいかもわからない。我々はそっとその場を立ち去る。

駅の改札口まで翻訳者夫妻は見送ってくれて、優しく手を振ってくれる。プラットフォームで電車を待ちながら、私は顔を歪める。ついさっき見た惨めな、情けない姿にいまだ動揺しているのだ。「やっぱりやめとくよ、深夜の酔いどれ電車は」と私はコジマに言う。私たちの乗る電車が来た。私はあたりを見る。そして、一緒に乗り込もうとしている人物を見て息を呑む。倒れていたサラリーマンだ! 顔の血は雑に半分拭き取られている。体が揺れ、開こうとしているドアの方にぐらぐら進む、墓から出てきたばかりの危なっかしい食屍鬼《しょくしき》の

その8　ミスター・ピーピー

ように。私はぞっとして、そそくさと別の車両に移る。

だがそれでも……二日ばかりが過ぎ、更なる酒への熱狂に駆られて、私たちはもうひとつのお気に入り東京飲酒スポットに赴く。大勢の客でごった返すユニクロの大量消費的きらめきの向かいに建つ、華麗なる一九三〇年代築の銀座ライオン・ビヤホール。ビヤホール？いやいや！　それは美しく保存された、深遠なる麦酒と宴の愉楽を祀《まつ》る気高いアール＝デコ神殿だ。地元の人々、訪問者でひしめく店内で私たちはどうにかテーブルを確保し、黒いベストを着たウエイターたちが頭上高くのランプの光を浴びながらせわしなく動き回る。

私はスタウトの「クリーミートップ」二杯目を飲み終え、三杯目を注文する。コジマはブラートヴルストを貪り、ピルスナーの大ジョッキで流し込む。

「あそこを見れば、ここの日本人建築家がフランク・ロイド・ライトの弟子だったことがわかる」と私は口走り、頭上の黒っぽい石の天井の手の込んだ角張ったアーチと、私たちの周りに建った太い柱のきらきら光る緑のタイルを手で示す。「あそこの奥のカウンターの上のモザイク壁画、ちょっと見てくる」と私は宣言する。

おぼつかない足どりで、テーブルのあいだをそろそろと抜けていく。スタウトは思ったより強かったみたいだ！　やっとカウンターの前まで来て、モザイクの壁画をほれぼれと眺める。半裸の乙女たちが、収穫した、飲用可能な至福へと変容されるべき麦の束を運んでいる。と、私の目が、カウンターのかたわらの、なかば隠れた薄暗い小さなテーブルに座った年輩の紳士二人を認める。私は目を白黒させる。二人ともすっかり出来上がっている。一人は日本人、一人は外国人。二人とも、一世紀前のものと思える変な背広を着ている。

彼らはちらちら揺れている……幽霊みたいに。

突然、私はその、小粋なスカーフをネクタイ代わりに巻いた外国人が誰なのかを悟る。

「何と、あなたはフランク・ロイド・ライトでは！」と私は思わず口にし、目を見開きよたよたと寄っていく。

件《くだん》の幽霊は、目をすぼめて私を見上げる。

「いかにも」と彼は間延びした、呂律の回らぬ声で言う。「是非とも来ようと――ヒクッ！――思ったのさ、ここにいる我が良き友にして弟子たるスガワラ・エイゾーさんの見事な仕事を見に！」。酔った腕を彼は相棒の体に回す。「それに見たまえ、スガワラさんがデザインした――ヒクッ！――この素晴らしいモザイク絵画を！　天才だ！」

「いやいや、恐れ入ります、ライト先生！」ともう一人が甲高い声を上げ、両腕を狂おしく回してライトの幽霊を包み、勢い余って二人とも横に倒れ、スローモーションで床に墜落する。

「わ、大変」と私は叫んで、手を貸そうと飛び出す。

誰かの手が私の肩をピシャッと叩く。

「ミスター・ピーピー！」

私はさっと向き直る。酔っ払った顔が私に向かってニヤッと笑う。ぽっちゃりした中年の顔には鼈甲メガネと、このあいだの夜の切り傷に貼ったバンドエイド。

血まみれのサラリーマン！

「ミスター・ピーピー――」と彼はもう一度言い、もう一方の手に持ったスマホに映った写真をさっと示す。そしてよろっと一歩前に出る。

「ミスター・ピーピー！」と彼は絶叫し、酔いに染まった歓喜と賞賛の念にうなずく。そしてスマホを放り投げ、もう一歩よたよた進み、もぞもぞとズボンを開き、私を見てニタニタ笑いながら、周囲の目も気にせず、私を讃えて放尿しはじめる――よりによって、フランク・ロイド・ライトとその立派な弟子の幽霊に向けて！

激怒の叫びを上げながら私はサラリーマンに襲いかかる。私たちは取っ組みあって、カウンターの下、乙女たちと神々しい麦束の下の床に倒れ込む。

すさまじい喧噪。ウエイターたちが飛んできて私たち二人を引き離す。

私はその後一週間あまり、晩はウーロン茶に限定する。だがそれも一週間だけのことで、美酒を求める思いがやがてよみがえる。何といっても、ここは東京なのだから！

その9　柔らかい座席、または、すべての道は日本橋に通ず

「東京の地下鉄って、すごくない?」とコジマが、東京タワーからの最寄り駅で列車に乗り込みながら言う。

　私たちは表参道へ向かっている。二人でリサーチを兼ねて、とある素朴な店に餃子を貪りに行くのだ。食べ終わったら、華麗なショッピングプラザや、裏通りの小さな店やギャラリーをぶらつくつもりである。

「この座席、ほんとにすごく心地よくて、手入れも行き届いてる」とコジマはさらに言い、私たちは席に身を落ち着ける。「ニューヨークの地下鉄の、しょっちゅう汚れてる硬い長椅子とは大違いよねえ」

　車両の静かさに相応しい低い声で彼女は話している。ここでは誰も、携帯でべらべら喋ったりYouTubeのビデオを騒々しく鳴らしたりはしない。「あんな掲示、ニューヨークじゃ考えられないわよね」彼女はニヤッと笑う。「ほかのお客様のご迷惑にならぬようご配慮願います、だって」

　私もクックッと笑う。「ほら、あそこで眠ってる、小学生の女の子」と私はささやく。

これも東京の地下鉄の大きな特徴である。老若男女、みんなグウグウ、スヤスヤ眠っている。この女の子も、通学帽をかぶった頭が制服の胸に垂れている。私はこっそり彼女の写真を撮り、マスクをつけて目をぎゅっと閉じている老紳士、席の端に寄りかかってうとうとしている洒落たレインコート姿のＯＬも同じように撮る。

「居眠り帝国！」とコジマがささやく。「無理ないわよねえ、座席がこんなに柔らかくて気持ちいいんだもの」。彼女はあくびをする。「青山一丁目で乗り換えですからね、見逃さないでよ」と眠たげな声で念を押す。

「大丈夫だって」と私は請けあう。私もあくびをする。心地よく一瞬目を閉じる。

と、彼女の肘が私を乱暴につつく。

「起きてよ！　あなた、寝ちゃったのね！」

私は目をパチクリさせて彼女を見る。彼女は目を白黒させて周りを見ている。「ここはどこ？　乗換駅、過ぎちゃったみたい！」

列車はスピードを落として駅に入っていく。「駅名、読めないよ」と私は窓の外に目を凝らしながら言う。「日本語しか書いてないんだ」

私たちはあたふたとホームに降りる。呆然として周りを見る。いろんな標示がそこらじゅうにあるが、私たち外国人には何ひとつ理解できない。今ふうの若者がいたので、英語で声をかけてみる。が、私が二度口にした「イクスキューズ・ミー」も無視して相手はそのまま歩きつづける。

「あいつ、僕を無視した！」私は口から唾を飛ばす。

「あなた、なんで居眠りしたのよ！」とコジマは詰《なじ》る。

「君だって居眠りしただろ！　この気持ちよすぎる東京メトロがいけないんだ！　昨日の夜遅かったからさ、僕たちきっと思ったより疲れてるんだ」

階段を上がってみるが、駅員の誰一人、英語が喋れないみたいだ。

ここはどこなのか探ろうと、私たちは外に出る。

「あそこの標示、アキハバラって書いてある！」コジマが仰天して叫ぶ。「何マイルも違うところに来ちゃったわよ！　どうしてかしら、ありえない。あー、あなたなんで居眠りしたのよ？」

「君はどうなんだよ？」私も歯を剝いて言い返す。

実のところ、東京という名の迷路を巡る私たちの彷徨は、混乱と、脱線と、間違いに満ちている。そしてしばしば、非難の応酬にも。

と、私は目をパチクリさせる。「ねえちょっと――あれ、さ……日本橋じゃない？」

私は口をあんぐり開けて、優雅な石造りの二連アーチと、そのすぐ上に広がる、醜悪きわまりない首都高を見る。

「そんなはずないでしょ」コジマがピシャッと言う。「ここはアキハバラよ。グーグルマップもそう言ってる」

「だって――あれは絶対、日本橋だよ」私は弱々しく言い返す。訳がわからない。

コジマは方向感覚ゼロのくせに、グーグルマップの青い点を信仰し（私は蔑んでいる）、時刻表と地下鉄路線図を読むのは妙に得意なので（本物の地図は駄目だが）、ナビゲート役は概して彼女が引き受けるようになっている。その彼女がいま、ここは駅に戻って、地下鉄路線図のカラーコードに従って移動を再開すべきだと主張する。「まず灰色、それから紫かオレンジ色、とにかくひとつ正しい駅で乗り換えればいいのよ」と彼女は言う。「あたしもうお腹ぺこぺこ、餃子食べたい！　今度は居眠りしないでよ！」

私たちは地下に戻っていき、灰色のエンブレムが付いた列車に乗り込み、厳めしい顔で、ベルベットのような座席にちょこんと座る。

「あれっ、あそこで寝てる女の子」私は小さく息を呑む。「さっき見たのと同じ小学生じゃないかな？」

コジマが私の袖を摑む。「まあとにかく、あの子の真似しないでよね」彼女はささやく。それから、あくびを嚙み殺す。

私も。

「痛っ！」――ふたたび脇腹に一撃。

「また居眠りしたのね！　ここはどこ？」

「まったくこの、気持ちのいい座席ときたら！」

列車は駅へ入っていく。今回もまた、信じがたいことに標示はすべて日本語である。外国人訪問者なんて知るか！という感じ。

私たちはよたよたとホームに降りる。去りゆく列車の窓越しに、小学生の女の子の、制帽をかぶった頭がいまだ前に垂れているのが見える。さながら、私たちを誑《たぶら》かすさまざまな危険の先頭に飾られたキュートな船首像《フィギュアヘッド》という感じ。列車は滑るように視界の外に消え、べルベットの沈黙に包まれて眠れる者たちを運んでいく。

私たちは街に出る。二人ともすっかり混乱している。

「クダンシタ?」コジマが、標示を見て悲痛な声を上げ、スマホの青い点でそれを確認する。

「また何マイルも外れた! これって悪夢よ!」

コジマはへなへなと壁に寄りかかる。もはや意気阻喪している。

私は向こうの方を見やり、あんぐり口を開けて、指さす。「日本橋……」。目を見開いてコジマの方を向く。「ねえ、日本ではさ、すべての道は日本橋に通ずって言うんだよ」。私は辛辣な笑い声を漏らす。「僕たちひょっとして、都会にひそむ、なんか変てこな地理的渦巻みたいなものに囚われちゃったんじゃないかな。今日はあきらめた方がいいよ、もう午後もなかばだし、このへんでどこか食べるところを見つけようよ――このへんってどのへんなのかわかんないけど」

当然、コジマはけんもほろろに却下する。彼女は食のプロなのであり、どこかそのへんの店に適当に入ってクズを食うなんてプライドが許さない。今日は表参道の餃子が食べたいのだ! 楽しみにしていたのに!

「紫の線に乗ればいいのよ」スマホを見ながら彼女は言う。「だけどお願いだからお願いだから居眠りしないでよ!」

言うは易く行なうは難し。

座席の抱擁へと沈み込んでいきながら、私は苦々しい気分で、ああ、誰かが携帯で騒々しく不愉快に喋ってくれたらいいのに、と思う。私はあくびを嚙み殺す。コジマが私の肘をつつく――そして自分もあくびを噛み殺す。

ふたたび脇腹を鋭くえぐられて、私は叫び声を上げる。

呆然とあたりを見回し、眠りに濁った頭を両手でぴしゃっと覆うと、列車はまたも解読不能の駅に入っていく。

絶望的な気持ちで、私たちは街へ上がっていく。看板には「アサクサ」とあるが、それがどうした？　日も沈みかけた薄暮のなか、私たちの目の前にそびえているのは――

頭上に広がる高速の影に包まれた日本橋。

「うん、僕たち今日はさんざん居眠りしたせいで、この街の移動をめぐる何か深遠な夢の記憶に紛れ込んだにちがいないよ」私は畏怖の念に打たれて呟く。「その記憶に、僕たちの心の奥深くに半意識的に埋まった、東京の巨大にして多層的なる複雑さに外国人として萎縮する思いが組みあわさったんだ。ほとんどユング的、と言ってもいいね」（「まあもし君がユングを信じるならの話だけど――僕は信じないよ」と私は学者ぶって小声でつけ加える。）

コジマはもはや、私の隣でただメソメソするばかり。私は彼女を慰めようとその腕を撫でる。

「このへん、人もあんまりいないねえ」と私は周りを見て言う。「車もほとんど通らないし。なんかちょっと不気味だな」。当惑して、私はまた弱々しい笑い声を上げる。「もしかして、幽霊に出会って、助けてもらえるかも」

「やめてよ」コジマが訴える。「もう幽霊はたくさん！」

が、私の声が合図であったかのように、その瞬間、眼前の橋の陰の薄闇に、二人の紳士のおぼろな姿が見えてくる――麒麟の像の一方の向こうに、早々と灯った街灯の光を浴びて。彼らの姿がゆらめく。

私はコジマをあとに残して彼らに近づいていく。

彼らは話をしている。例によって、ほろ酔い口調。二人とも年配である。一人は痩せていて、バケットハットをかぶり、まあ近代的と言えなくもない服を着て、すさまじくもじゃもじゃの賢者ふうの山羊ひげを生やしている。もう一人は、もう少し背が低くがっしりしていて、円錐形の妙な麦わら帽と、乾燥した植物で作った奇怪な外套という出で立ちで、さながら、「田舎風」をテーマとする由緒あるコスチュームパーティへ向かう途中といった趣。竹の杖に寄りかかっている。

私はギョッとして息を呑む。山羊ひげの幽霊の方が誰なのか、気がついたのだ。

「イクスキューズ・ミー、英語で申し訳ないんですが、あなたはもしや、映画監督の鈴木清順では？」

幽霊は大きな眼鏡の奥の目をこちらに向け、初めて私に気がつく。「イェップ、ダッツ・ミィ（いかにも、わしだよ）！」と幽霊は英語で答え、茶目っ気たっぷり、だらしなくニタッと笑う。

「わお！」と私は息もつかずに、あなたの映画の大ファンです、特にヤクザ映画の、とまくし立てる。「それに僕たち、最近、宍戸錠を見ましたよ。料理学校で、炊いたご飯の匂いを吸い込んでました」

「『殺しの烙印』だな！　あれ、狂ってるよな。楽しめるけど」

「ええ、でも僕が一番好きなのは『野獣の青春』ですね。あの色！　でもあの、どうして今日は日本橋に？」

感傷旅行だよ、と鈴木は答える。日本橋界隈の生まれなのだという。「それにこの人、幽霊界の友だちの芭蕉さんもさ、日本橋に住んでたことがあるんだよ、ずっと前に」

私の目がほとんど頭から飛び出す。

「芭蕉？　偉大なる俳人にして旅人の？」

「アット・ユア・サーヴィス（どうぞお見知り置きを）」と俳諧の大家は英語で答え、手に持った小さな酒瓶を挨拶のしるしに掲げる。

私はさっと狂おしくコジマの方に向き直る。離れて立った彼女は、むすっとして不機嫌そうだ。「信じられない、この人芭蕉だよ、俳句の至高の師だよ」と私は叫ぶ。

「あたし、お腹空いたし、疲れた」と彼女は小声で言う。「行きましょ」

私は歯を剝き出し、彼女を睨みつける。手をばたばた振って、こっちへ来いと合図する。

「でもここはアサクサだってグーグルマップが言ってるわよ、日本橋じゃなくて」コジマは背を丸めて寄ってきながら言う。

「ハハ、グーグルなんぞ知るか！」鈴木がニタッと笑う。

「ブーグル・キャン・キス・マイ・プラヴァーズ・アース！（ブーグルなんかオレのチドリのケツにキスすりゃいい＝ブーグルなんか糞食らえだ！）」と芭蕉も応じる。

そんな見事な口語英語、どうやって覚えたんです？　と私は師に訊ねる。

「幽霊界の仲間の、太宰さんに習ってるんだよ」と彼は答える。「この橋に連れてきてくれたのも太宰さんでさ」

「太宰治？」私は目を丸くしてあたりを見回す。「有楽町で会いましたよ！」

芭蕉はクックッと笑う。その指さす方を見れば、橋の真ん中あたり、ゆらめく姿が仰向けに寝転がっている。フンドシ以外、ほとんど裸である。自動車が一台、何ごともなくその上を走り過ぎていく。

「あれね、小説書いてるんだよ」芭蕉が訳知り顔で言う。「小説書くのは真っ昼間に日本橋に素っ裸で寝転がるみたいなもんだ、ってあの人言ってるんだ」

「だけどいま昼じゃありませんよ」

「遅くてもしないよりはまし」鈴木が茶々を入れる。

「それに素っ裸じゃないし」コジマが言う。

「ま、長篇じゃなくて中篇くらいかね」と芭蕉。

師匠はいまも崇高なる俳句をお書きになっているのでしょうか？　と私は訊ねる。

相手は嫌そうな顔をして、肩をすくめる。「所詮は単なる酔っ払いの戯《ざ》れ言、夢を見ている人間の筋の通らぬうわ言さ」と彼は言う。

哲学的な沈黙が生じる。首都高速は頭上でブンブン音を立てている。筋の通らぬ騒音、だが夢はそこにない。

自然を愛する詩人はため息をつき、遠くを見やる。「ここから気高き富士山が見えたものだ。なのにこんな醜い代物を上に作って、眺めは遮られてしまった」

私たちはみな顔を上げて、高速道路を睨む。

「一句出来た！」とコジマが恥知らずにも声を上げる。

日本橋　首都高にしゃがみ　糞の夢

その機知に、私たちはみんなゲラゲラ笑う。

「侘びがある」と芭蕉が評し、竹の杖を叩く。一口どうぞ、とコジマに酒瓶を差し出す。「芭蕉《バナナ》の密造酒です」

コジマは一口飲んでみて顔をしかめるが、どうにかこわばった笑みを浮かべる。私は丁重に断る。鈴木はガブ飲みする。芭蕉も同じ。

「さあ、もう行かないと」コジマが宣言する。そして私の袖を引っぱる。「もうお腹ペコペコよ、帰ってピザでも取りましょ」

「ちょっと待てよ！」と私は言ってその手を振り払う。せっかくの素晴らしい出会いを終わりにされてしまったことに私は憤っている。「今日の地下鉄は悪夢だったんです」と私は幽霊二人に釈明する。「表参道に行きたかったのに、どうしてもこの橋に来てしまうんです。賢者のお二人、何か奥深い忠告の言葉をお持ちではありませんでしょうか？」

「あるとも。外国人なら、居眠りするな！」二人は声を揃えてクスクス笑う。

「ふん、言ってくれるじゃない」コジマが凄む。「じゃね！」。そしてすたすたと立ち去る。私はあわてふためいて二人にサヨナラを言い、橋に寝転がっている作家に馬鹿っぽく手を振り、わがガールフレンドのあとを追う。

「で、どうやって帰るんだよ？　呪われた地下鉄か？　このへんにタクシー、いるかよ？」

「大丈夫よ」と彼女は言う。四つ角まで来て、ランプの下でいかにも目立つように立ちどまり、煙草に火を点ける。

「何やってんだよ！　路上で煙草喫っちゃいけないんだぞ！」

「黙んなさい！」と彼女は言い返し、ブワーッと煙を吐き出す。

三本目を喫っている最中に、白黒のパトカーがやって来て私たちの前で停まり、厳めしい丁重さを漂わせた警官が降りてくる。警官は若干英語を話す。コジマが事情を説明すると、彼はクックッと笑ってうなずく。

「外国の方は、地下鉄で居眠りなさらないよう気をつけていただきませんと！」

警官は私たちをパトカーに乗せて、東京タワー近くまで送ってくれる。途中、私たちは警官が勧めてくれた店に寄り、餃子を買い込む。「美味しいー」とコジマが言い、幸いにも心地よすぎない後部座席で私たちはガツガツ食べる。

その10　ゾルゲは二度死ぬ

「大変だ」私はうめく。「原宿駅が取り壊される！」

「え、そんな！」コジマが言う。

「オリンピックの直後に壊すんだって」。気分が悪くなってくる。「東京はどうなってるんだ、都市の遺産と歴史を次々破壊して？」

消滅の危機に瀕した建造物に、私たちは敬意を表しに出かけていく。小ぶりの優美な姿、一九二〇年代「田舎風」幻想。白色と、木の味わい深い茶色の……バイエルン風チューダー様式とでも言おうか？　実に東京らしく（かつての東京らしく？）、場違いな温かみが周りのガラス、コンクリート、ネオンと対照を成している。

そして駅前の橋には、かつて私たちが初めて東京に来たとき、人目を惹くコスプレ・ガールたちがたむろし、ポーズを取っていたものだ。「覚えてるかい、僕がさ、モコモコの黄色いコート着て怖い顔した青い髪の女の子と一緒に写真撮ったこと？」私はコジマに向かってため息をつく。

「原宿のコスプレ・ガールなんてもういないのよ、おじさん」コジマがからかう。「もうずーっと前から、みんなユニクロで服買ってるのよ」

だがノスタルジアに駆られたのは二人とも同じ。私たちはふたたび、ホテルニューオータニ裏の歴史的庭園をそぞろ歩く。ホテル自体も、いささか改装されたとはいえ、六〇年代モダニズム東京の愛すべき名残りである。十年前に来たときはここに泊まったのだ。そしていま、高い木々や趣向を凝らした丸石や瞑想的な茂みのあいだをくねくね上下する小径を私たちはさまよう。やがて年配の、だが精悍な紳士の銅像の前で立ちどまる。ホテルの創立者、大谷米太郎。

「覚えてるかい、大谷さんは相撲とりだったんですよって言われたこと?」私は微笑む。

「その発音がスモウじゃなくて、日本式にスモウだったものだから、何のことだかわからなかったよね」

「そうよね、おじさん」コジマがまたからかう。「ほらほら、そんなセンチメンタルな間抜け面しないで!」

こっちが涙もろくなると、コジマはいつも思わぬやり方で突いてくる。私はうなり声を漏らし、仕返しに彼女の手をぎゅっと摑む。彼女はギャッと叫んで私の腕を叩く。

やがて私たちは静かになり、庭園の滝のそばの、紅色の木の橋を渡る。頭上には長方形のタワーがそびえ、レストランがてっぺんで円を描き、あとから建った別館タワーの、官能的なカーブを描くファサードが見える。

「ニューオータニが『007は二度死ぬ』に出てくるのは知ってるよね。あの中身カラッポの六〇年代ボンド映画の悪の権化、大里《おおさと》化学工業の本部がここにあるんだ」。私たちはもうホテルの中に入っていて、はてしない中央通路をのんびり歩いている。どこもいい感じに古びたカーペットが敷かれ、柱は太く、模様は抽象的な日本風。巨大なダイニングエリアの前を私たちは通る。席は静かに半分埋まっていて、磨き込まれた床や壁が、影や観葉植物に囲まれてほのかに光る。大きな窓は外に広がる庭園の緑に満ちている。

「トイレ行きたい」コジマが言う。

「僕も」

探してみるが、これがなかなか見つからない。やっと洗面所の標示が見えて、薄暗い狭い廊下を私たちは下っていく。

男子トイレから出てくると、廊下はさっき通ってきたところと、何だか違って見える。

「あれ？　コジマ？」私は呼んでみる。

どこかのドアから彼女が出てくる。「ねえちょっと、この廊下でいいの？」

ためしに少し進んでみると、ふたたび中央通路に出る。

だよね？

この通路も何となく違って見えるのだ。さっきより暗くないか？　ふたたび広いダイニングエリアが見えて、さっきのと一応同じに見える。ただしこっちは人けもなく、一人ぽつんとディナーを食べている人物がいるのみ。

「ありゃりゃ」私はごくんと唾を呑む。「あの人、ちらちらしてる」

「えー何、また幽霊じゃないでしょうね！」コジマが不満げに言う。

私は彼女の言葉を無視する。私の目はソーサーみたいに大きくなっている。

「大変だ、あれ、イアン・フレミングだ……！」

「まっさかぁ」

「ほんとだよ！　僕、あの人の見かけ知ってるんだ、あの蝶ネクタイ。ミスター……ミスター・フレミングですよね？」私は近づいていきながら呼びかける。

幽霊は皿から顔を上げる。手には日本酒のガラス徳利。「そうだ」彼はため息をつく。「サインはお断りだ」こわばった口調で釘を刺す。

「ええもちろん、失礼失礼」私は媚びるように言う。「いや、いまちょうど話してたんですよ、あの素晴らしい映画のこと、あなたのご本『００７は二度死ぬ』が原作の！」

「あの中身空っぽのクズのことか？」フレミングは鼻を鳴らす。「こんなふざけた代物があるかって脚本を、ロアルド・ダールが書きやがったんだ！　あれが世に出たときに生きていなくてよかったよ！」

そう言って彼は顔をそむける。

「正直な話、まさかこのホテルでお目にかかれるとは思いませんでした」冷ややかなあしらいにもめげず私はなおも言う。「六〇年代前半にいらしたときは、オークラにお泊まりじゃありませんでしたっけ？」

相手はこっちに向き直る。「そうだ。だがオークラは最近、あの素晴らしいモダニズムをぶち壊してしまった。トレードマークのロビーはほぼ全面的に再現したと聞いた。だがそうは言っても」

「そうは言っても……」私はオウム返しに言う。

かくも苦々しい、憂鬱な喪失を想って、私たちは二人とも首を横に振る。

「それって広島のカキですか？」コジマが突然、私の肩のうしろからフレミングの皿を覗き込みながら甲高い声を上げる。

「いかにも！」フレミングは答える。さも勿体ぶった様子は、どうやら我こそは食通なりと自負している様子。「少し大ぶりすぎるが、汁は実にたっぷりある」

ひとつもらっていいですか、とコジマは恥じらいもなく訊く。しーっ、と私は止めるが、フレミングは好きにしろと手ぶりで伝える。彼女はひとつを手にとり、ズルズル音を立てて吸う。

「ここへは観光で？」フレミングは私に訊く。スパイらしいすばやい、値踏みするような目で私たちを頭から爪先まで見る。

コジマはフードライターなんです、僕もライターですが食べ物については書きません、と私は説明する。「今回はご休暇ですか？」とこちらも訊いてみる。

下らん紀行文を書いてるのさ、筆が鈍ってもいかんから、と彼は答える。「日本床屋協会の妙な機関誌に頼まれたんだ」フレミングは嘲って言う。「昔書いたのを、適当に焼き直すさ」

私は息を呑む。「『オヤジギャグの華』ですか？　僕もあの雑誌に頼まれて書いてるところなんですよ！」

「いいや、こっちは『*Adventures in Barberism*（床屋の冒険）』だ。馬鹿馬鹿しいタイトルだ」〔barberism（床屋であること）とbarbarism（野蛮な生き方）とを掛けた駄洒落〕

「幽霊かもしれない床屋にお会いになりませんでしたか、東京タワーの近くで?」

「いいや、交渉はタイガーがやってくれたから。お、タイガー!」

昔の四角ばったスーツを着た、がっしりした日本人の男が観葉植物の陰からちらちら明滅しながら出てくる。

「私の親友、タイガー斎藤だ」フレミングが言う。「朝日新聞の一流記者、何もかも知っている東京ガイド、『007は二度死ぬ』日本人スパイの親玉タイガー田中のモデルだ。気をつけろよ、柔道の大家だから!」

「『オヤジギャグの華』?」お辞儀を済ませたあとに斎藤が英語で言う。「聞いたことないですねえ。誰かにからかわれたのでは?」。ニタッと笑う。「でも東京のことをお書きになるんでしたら、二〇二〇年のオリンピックもあるし、我々の特別プロジェクトのこと、ぜひ知っていただかないと。奇跡のテーマパークなんです、これ」言葉に熱がこもる。「この街が六四年のオリンピックに向けて遂げた驚異的な変容を体験できるんです! このホテルも、オークラも、巨大なプリンスホテルも、かつてのヒルトンも、みんなオリンピックの訪問客を受け容れるために建設中だったんです」。彼は声を上げて笑う。「訪問客の予想は三万人――いまとは違うでしょう? 地下鉄も新たに二つ路線が建設中でした! そこらじゅうで高速道路が出現していた! 新しい住宅も! 私たちのテーマパークにはですね、短期間で禁止されてしまった屋台まで揃ってるんです。みんな屋外に並んでます。ちょっと覗いてみますか?」

「すごい!」コジマが叫ぶ。「行きましょうよ!」

カキを堪能しているフレミングを残して私たちはその場を去る。タイガーの手際よい先導でラウンジを抜け、凹凸《おうとつ》ガラスの扉が並んだ前に出る。

「さ、いいですか？」そう言ってタイガーはニヤッと笑う。「強烈な体験になりますよ！」

私たちは外に出る——人がひしめきあう、建設と往来の混沌に満ちたストリートシーンへ。たちまち杭打ち機の轟きやクラクションの響きが私たちを呑み込む。「タクシーをつかまえないと！」タイガーが叫ぶ。と、すさまじい悪臭が襲ってくる。濡れたセメントと、下水の汚物のおぞましい混合。

「げぇ！」コジマが奇声を上げる。そして自分の喉を摑む。顔が歪んでいる。臭《にお》いには至って敏感なのだ。「臭《くさ》いぃ——」彼女は口から泡を吹き、身をよじらせ、いまにも吐きそうだ。

「あたし、中に戻る！」喘ぎあえぎ言う。

コジマはよたよたとガラス扉を通っていく。私もよたよたとあとについて行く。

テーマパーク内覧もこれでおしまい。

「当時の東京はですね、水洗便所の数も限られ、下水道も完備していませんでした」タイガーの講釈を聞きながら私たちはラウンジでゼイゼイ喘いでいる。「それにあれだけの建築工事です、もう街じゅうが臭ってましたよ！」

タイガーはあははと笑う。

と、野太いうなり声が聞こえて、大柄でがっしりした年配の日本人男性がのっしのっしと、抽象的なラウンジ彫刻の陰からゆらめく体で出てくる。

男は相撲とりのまわししか着けていない。

その10 ゾルゲは二度死ぬ

「下がって!」タイガーが私たちに叫ぶ。

乱入者がタイガーに襲いかかる。タイガーをがっちり抱え込んで持ち上げ、くるっと身を翻し、タイガーをジャガイモ袋みたいに投げ上げる。タイガーはどさっと、革と金属のモダニズム風カウチに墜落する。コジマと私は縮み上がって壁に貼りつく。タイガーがよろよろと起き上がる。敵に突撃し、まわしを摑んで、技を駆使して腰投げを決め、相手は重々しく側転し——ドスン!——床に倒れ込む。乱入者は懸命に立ち上がり、ふたたびタイガーに襲いかかって、彼をモダニズム風コーヒーテーブルに突き飛ばす。テーブルが宙に舞う。相手はいま一度、タイガーにとどめを刺そうと迫っていくがタイガーも必死に床を転がり、パッと跳ね上がって、別の抽象彫刻を摑んで相手の頭に叩きつける。大柄の襲撃者はよたよたとガニ股で座り込み、朦朧としている様子。

「わぉ、これって『007は二度死ぬ』のあの格闘シーンみたいですね」私は賛嘆して言う。

「あのお爺さん、どっかで見たわよね」コジマが言う。

タイガーが手を貸して襲撃者を立たせてやる。二人はたがいに一礼し、相手の背中をぽんと叩く。それから大柄の年配男性は、どこから出してきたのか浴衣を羽織り、ぱたぱたと立ち去る。

「そうなんです、かの大谷さんと私とで、体をなまらせないために、ちょくちょく『007は二度死ぬ』の格闘シーンを再現してみるんです」タイガーがまだ息も荒く言う。「ときどきは向こうにも勝たせてあげないといけません、まあやっぱり——」

外で突然オートバイの爆音が響きわたり、タイガーの声はかき消される。轟音が止んで、ガラスの扉がパッと開く。長身に革ジャン姿の、幽霊のような人物が入ってくる。男は足を引きずって歩く。日本人ではなく、ドイツ人のようにも、スラブ系のようにも見える。

タイガーが男に挨拶する。日本語の流れのなかで「リヒャルトさん」という名が聞こえる。

コジマが口をあんぐり開け、目を丸くする。

「リヒャルト・ゾルゲだ！」彼女がキーキー声で言う。「ソ連のスーパースパイ！　史上最高のスパイ！　第二次世界大戦前にこの国で活動していて逮捕されて、四四年に絞首刑になったのよ、スターリンがこんな人間は知らないって見捨てたからよ——この人の諜報活動がロシアと世界を救ったのに！」。コジマはモスクワで、ブレジネフ政権時代に生まれたのだ。

“Мистер Зорге-товарищ! Какая честь!”（「ミスター・ゾルゲ——同志！　光栄です！」）彼女はゾルゲに向かってまくし立てる。“Мой дедушка был историком советских военных, он отвечал за ваши архивы в Москве после того, как вы были реабилитированы Хрущёвым!”（「私の祖父はソビエト軍所属の歴史家で、フルシチョフがあなたの名誉を回復したあと、モスクワにあったあなたの文書を管理したんです！」）

ゾルゲの幽霊がくるっとふり向く。その顔は野蛮にハンサムで、放蕩感が漂う。“Ну, Хрущёв сделал «олимпийский» жест,”（「ま、たしかにフルシチョフは堂々たる対応《オリンピアン・ジェスチャー》をしてくれたよ」）。彼は嘲笑って鼻を鳴らし、アルコール臭の息が飛び出してくる。“Признать меня за месяц до 64-х Олимпийских игр, через 20 лет после того, как я болтался на верёвке.”（「首を吊られてから二十年後の、六四年オリンピックの一か月前に、私の名誉は回復されたんだから」）

「で、お気の毒な出来事ではありましたが、東京はお好きでしたか？」私は訊いてみる。ひょっとしたらお門違いな問いかもしれない。何しろこっちは二人のロシア語が一言もわからないのだから。

「何て質問だ！」ゾルゲが英語で言い、ふんと鼻を鳴らす。「君何者だ、ジャーナリストか？」

連載中の物語を私は説明する。

「いや実は、この街が大好きだったよ。あのころ」ゾルゲは声を押し殺して言う。「年が明けたばかりのあの日々、素晴らしい色彩、日本人たちのいじらしく幸せそうな様子、銀座の騒々しさ。すべてドイツ人ジャーナリストの隠れ蓑を使って『フランクフルター・ツァイトゥング』で書いたとおりだ。そうそう、『あの日々』と言えば、なあタイガー」今度は斎藤に英語で話しかける。「あんたのテーマパークの臭い、ちょっとばかし強すぎないか？　日比谷線のレプリカ、下水道のトンネルに食い込んでるぞ。さ、もう行かないと、スパイ同士のお喋りがしたくてうずうずしてるフレミング坊やを待たせちゃいかんからな」

そっけなく手を振り、足を引きひきゾルゲは立ち去る。

タイガーがにこやかに笑う。「じゃあ私も失礼しますよ。ゾルゲさんの『諜報』に対処しないと」。彼は私たちにお辞儀する。そしてガラス扉を半分出たところで、セメントと泥と思しきものをたっぷり浴びる。悪態をつき、厳めしい顔で私たちの方を向いてニッコリ笑い、今度こそ立ち去る。

本物のホテルの通路にやっと戻っていく途中、酒を飲みながら親密に話し込んでいる老練のプロスパイ二人の前を私たちは通りかかる。私たちは手を振る。彼らは私たちを無視する。

オータニのメインロビーで、私は雷に打たれたように立ちどまる。日本人の女の子二人がセルフィーを撮っている。一人は歯を剥いて、青い髪、明るい黄色のユニクロのパーカを着ている。

「僕の原宿ガールだ！」

「何言ってんの、違うわよ」鼻息も荒く言い捨てるコジマは、歩みを緩めすらしない。

その11　コンビニお化けスポット

ああ、東京のコンビニ！

ニューヨークのそれは、侘しい、薄汚れた場であり、夜中にどうしても牛乳が要るときや、新鮮でないジャンクフードがたまらなく欲しくなったとき（冗談！）でもなければ、絶対に足を踏み入れはしない。

だが東京のコンビニはその大半、何と快い、美味しい——かつ信じがたいほど新鮮な——品の揃った都会的な店か！　律儀に二十四時間開いていて、ほぼすべての四つ角にある。私たちが滞在中の東京タワー付近では、すぐそばにセブン‐イレブンが三店ある。東京だけでコンビニがほぼ七千店あり、最大のチェーンはセブン‐イレブン、続いてファミリーマート、ローソン。

「誇張する気はないけど」と私はコジマに言う。「僕、セブン‐イレブンのおにぎり、ほとんど毎食食べられるよ。鮭、ツナマヨ……うーん。見た目は地味でもとろっとした美味しさがたっぷり、パリパリの海苔に巻かれてる！」

「ローソンのしらすおにぎりも忘れちゃ駄目よ」コンビニ食大ファンのコジマが言う。「それと、絶対絶対、ファミリーマートの、ふわふわパン極上卵サンドも！」

私たちは東京でこんなふうに喋っているのだ――コンビニ惚れ食いしん坊の言語を！

だがむろんコンビニには、食道楽以外の便利《コンビニエンス》さもある。「セブン‐イレブンのキャッシュマシン！」とコジマが叫ぶ。というのもこの驚くべき、未来を幻視した都市には、奇怪なほどATMが少ないのだ。「それにファミリーマートの、あたしの大好きな、お洒落な無印文房具！」と彼女はさらに言う。「それと、マスクも」と私も口走る。「地元民みたいに見えるよう、僕が地下鉄で着けるマスク！」

ニヤッと笑う私は、かくも無邪気に、脳天気に、今後何が控えているか知らずにいる……。

その一方、とコジマが真顔で指摘するとおり、私たちの友人のジュンゾーと一緒に隠れ家居酒屋でディナーの最中、職人肌のお米プロデューサーは彼女にこう説いた。おにぎりは本来、母親が手作りしてくれるものだったんです。それがいまでは、みな機械で作られてコンビニで売られ、米はたいてい不味い……。「でもねえ」とコジマは言う。「それでもやっぱり好きなのよねえ、コンビニおにぎり」

さよう、コンビニのない東京の暮らしは考えられない、とジュンゾーも言う。だがコンビニ経営は狂気的に過酷である。たとえば、あれだけ新鮮な食べ物を揃えておくにはすさまじい量の無駄が避けられない。それに二十四時間営業も大きな負担だ。「コンビニの店員は外国人がどんどん増えてるんです。日本人の労働者数が減少していますから」とジュンゾーは言う。「この国の人口の平均年齢は世界一です！　実際、高齢者の多くはコンビニに頼っています。コンビニも高齢者に合わせて店内を工夫しているんです」

東京。誰もが食通で、消費と人口の経済学に通じている街。

「コンビニの店員は、認知症の客をサポートする訓練まで受けています！」とジュンゾーが言い足す。

「じゃあ、バリーさんの早期認知症もサポートしてくれるかも？」とコジマが陰険に高い声を上げる。

ジュンゾーが戸惑った、心配そうな顔になる。

「ははは」大丈夫、と笑顔を私は彼に向ける。コジマは本当にこういうジョークが好きなのだ。私は彼女の頬にチュッとキスする。

が、頭も体も冴えわたっているところを見せつけようと、私は席を立ち、居酒屋の奥に集まった騒々しいボランティアたちの仲間に入る。伝統的なやり方で餅を作ろうと、みんな交代で巨大な杵《きね》を振り上げ、大きな臼《うす》に入った餅米を搗《つ》いているのだ。ところがこの杵、見た目と違って重さのバランスが悪く、ぐいと振り上げた私は、よろよろうしろにあとずさり、およそ伝統的とは言えぬ姿で、歓声を上げる客たちの座るテーブルに危うく突っ込みそうになる。

数日後、食品リサーチの一環として、コジマは六本木のコンビニの外国人店員と話し込む。店員はウズベキスタンから留学中の若い男である。旅行で覚えた英語は危なっかしいが、コジマとはロシア語でペチャクチャ話し込む。客と日本語を喋る際きちんと敬語を使わないといけないのがすごく疲れる、とウズベキスタン人の店員はため息をつく。それにウズベキスタンといえば、コメ料理プロフの豪勢な宴で知られる文化。コンビニで、一人暮らしの客向けに一人前のライスが売られているのが彼には理解できない。「そうね、高齢者が多いから」とコジマは言う。彼女がまた認知症ジョークを言い出して店員が不安げな目で私を見たりしないうちに、私は店内をぶらつきはじめる。私はあらためて思い知る。コンビニとはインスタントラーメンとカップ麺から成るアリババの洞窟だ！

店の前方の小さなカウンターで、ラーメン屋なら百戦錬磨のコジマと私は、生まれて初めて東京のインスタントラーメンを試食する。何とこの一品は、ミシュランの星付きラーメン店プロデュースのスペシャルブランド。美味しいー、とコジマがズルズルすすりながら宣言する。

「コンビニ・インスタントラーメン——そうですとも！」と私の熱いメールにジュンゾーが返事をよこす。「コンビニと言えば——それにこれは高齢者の話でもあるんです——すごく珍しいコンビニ企画の噂をついさっき聞きましたよ。明日の夜、リサーチに行きます？」

ジュンゾーが送ってきた更なる詳細を伝えると、コジマは抗議の叫びを上げる。「冗談じゃないわよ、幽霊向けコンビニだなんて！」。彼女は東京の来世に飽きあきしているのだ。

「あたしは行きませんからね！」

だがもちろん、己の社会食通学的好奇心に彼女は屈する。

ジュンゾーに率いられて、私たちは夜遅くの青山の裏道をくねくね進んでいく。やっと目

当ての場所が見つかる。そこは日本式の提灯に趣味よく照らされた店である。看板には英語で、

SPOOK SPOT

と書いてある。スプーク（お化け）・スポット。

チラチラ光る高齢の紳士が、店の外に立っている。実験用の白衣みたいなものを着て、私たちに背を向けている。のんびりと、ゴルフクラブでスイングの練習をしている！

「うわ」ジュンゾーがゴクリと唾を呑む。「この人、安藤百福《ももふく》の幽霊みたいだ――インスタントラーメンの開発者の！」

「うわ」とコジマも言う。

「安藤さん！」恐れ入ったジュンゾーが呼びかける。

幽霊がくるっとふり向く。と、コジマが悲鳴を上げる。

「どうしたんだよ！」私は彼女を叱る。

「この人の眼鏡、怖い！」

たしかに、怖い。やたらと大きな四角い黒眼鏡で、ＳＦ映画のマッドサイエンティストみたいに見える。

やや面喰らったジュンゾーが、安藤に深々とお辞儀する。安藤に声をかけながら、私たちの方を身振りで示す。

「あなたたちのことを、東京を訪問中の有名ライターだと伝えましたよ」とジュンゾーが言う。

その11　コンビニお化けスポット

「インスタグラム・インフルエンサー？」安藤は期待のこもった声で、ぎこちない英語を口にする。

「そうよ、フォロワー五十万人！」コジマがしゃあしゃあと嘘をつく。

見るからに感心した様子で、安藤がべらべら喋り出す。ジュンゾーが通訳してくれる。

「クリエイティビティとエネルギーには年齢なんて関係ない、と言ってます。この人は四十八歳でインスタントラーメンを開発し、六十一歳でカップヌードルを、九十五歳でスペースヌードルを開発した！　人生のこの舞台を去ったほんの二、三日前にもゴルフを一ラウンド、プレーした。いまは幽霊として、コンビニを来世に導入することに意欲を燃やしている。何しろ幽霊は巨大な、不当に無視された購買層であり労働力だ。日本人の幽霊はコンビニ人間だ、と言っています！　ああ、安藤さんは未来を幻視する方なんだ！」とジュンゾーはもはや通訳の役を捨てて叫ぶ。

「ええ、そうだけど……」コジマが利口ぶって声を上げる。「出生率は低下してるし、平均寿命はのびるしで、日本の幽霊人口は、今後減少するはずよ」

しーっ、黙れよ、と私は声を殺して言う。ジュンゾーは途方に暮れている様子。と、大声で喋る英語の声が割り込んでくる。

「ヘイ《やぁ》、ゼア《やぁ》！」

アメリカ人と思しき幽霊が、陽気にのっしのっしやって来る。がっちりした年配の男で、年代物の野球帽をかぶり、I ❤ CAYUGA FALLSと書いたスウェットシャツを着ている。休暇中の酪農夫という風情。「ミスター・アンドー」と陽気に挨拶し、私たちにもよう《ハイヤ》！と声をかけてくる。「ローソンと申します」と叫ぶ。「まあみんなには『JJ』って呼ばれてるけど」

ジュンゾーとコジマは目を丸くする。「ローソン?」とジュンゾーが言う。「コンビニの?」とコジマ。

「そ《イエップ》」と幽霊は答え、誇らしげにニタッと笑う。「いやー、三九年にオハイオのカユガフォールズであの小さな店はじめたわけだけど、それが日本でこんなに広がってさあ」くっくっと笑う。「あのころは牛乳と、何品かだけだった!」。やっと初めて日本に来たのだという。日本酒も味わったし――「いやいや、牛乳とは違うねえ!」――ミスター・アンドーとも知りあった。「この人の新しいベンチャー、立派だねえ!」とJJは言う。「こっちの老いぼれ頭にも、一つ二つアイデアの火が点くよ」。野球帽をとんとん叩く。

安藤に率いられてみんなで〈スプーク・スポット〉に入っていく。ここは彼が構想中のフランチャイズのパイロット店なのだ。ちらちら光る、大半は着物を着た店員たちが、算盤《そろばん》から顔を上げて深々とお辞儀する。やはり着物を着た客が何人か、カップヌードルの棚に見入っている(もちろんチキンラーメンもそこらじゅうにある)。またある客は大正時代のカンカン帽をかぶり、ピンクに包装された二日酔い対策商品を見てクスクス笑っている。怖い顔の、鎧を着て物々しい兜をかぶったサムライが二人おにぎりを吟味し、重々しい顔でくんくん匂いを嗅いでから肩掛け鞄に入れる。馬鹿げた昔のゴルフウェアを着た男たちが、サングラスをかけ白衣を着てゴルフクラブを持った安藤と一緒にセルフィーを撮る。

偉大なる開発者は、奥の特別なエリアに私たちを案内する。ここで客が麺を試食できるのだ。

突然、叫び声を上げて彼は立ち止まる。

スペシャル麺試食エリアは滅茶苦茶になっている。萎びた、禿げの、ちらちら光る男が、さまざまな色の絵の具の壺に囲まれ、ぐじゃぐじゃに散らかった場所の只中に膝をついている。みすぼらしい毛布に身を包んだ男は、周りのものも目に入らぬ様子で、紙に絵を描いている。男は天使のごとくに描く。着物姿の女が一人、そばに座って見守っている。娘だとしてもおかしくない。

「あわわ、北斎みたいだ……」今度は私が恐れ入って唾を呑み込む番だ。

「そのとおり」ジュンゾーが呟く。「自ら『画狂老人』を名のっていたお方です。名高い引越し魔で、さんざん散らかしてはよそへ行き、家の中の様子なぞお構いなしでした。こっちは娘で、やはり絵描きの葛飾応為《おうい》」

安藤と北斎は興奮してべらべら喋り出す。どうやら安藤としては、北斎をここだけでなくあちこちに喜んで迎えたのだが、さすがにいくら何でも散らかしすぎということらしい！

安藤は私たちに向かってスマホを振り回す。画面に掘っ立て小屋が映り、おそろしく不潔な環境で幽霊北斎が絵を描きまくっている。その小屋は、横浜のカップヌードルミュージアムにある、安藤が初の偉大な開発品チキンラーメンを作った伝説の裏庭小屋の複製だ。

「ここ、すごく非衛生的！」安藤が英語で訴える。「観光客、減る！」

北斎が安藤に向かって歯を剝く。「わしにとって大事なのは芸術を作ることだけだ、と言ってます」とジュンゾーがささやく。「七十になって絵が上手くなってきて、八十になり深みが出てきて、幽霊になったいま、やっとちゃんと描けるようになったそうです！」

「綺麗だねえ！」ＪＪが言う。「扇、描いてくれるかい？」

「扇はお断りだよ！」応為が英語でうなり、長い煙管《きせる》を振る。

北斎は目下、憤慨に湯気を立てて安藤に説教している。どうやら、家の中を非衛生的と言ったことを謝らなければ、望みの絵も描いてやらないと言っているらしい！

安藤がゴクリと唾を呑む。それから恭しくお辞儀し、明らかに謝罪の口調で喋る。それから、黒眼鏡をチラッと私たちの方に向けて、こっそりこめかみに手をやり「狂ってる」の合図を送る。

ひとまず怒りも鎮まった北斎は、娘とともに絵の具の壺を片付け、私たちはみな安藤のあとについて小さな階段を下りていく。

そこは地下のゴルフ練習場で、奥にはネットが見える！

安藤は誇らしげに目を輝かせる。

「〈スプーク・スポット〉では客が健康的にゴルフを練習できるんだと言ってます」とジュンゾーが説明してくれる。

偉大なる開発者はティーエリアの壁を示す。北斎に、ここに絵を描いてほしいのだ。

画狂老人が壁面を眺める。突然、そのへんに転がっていたモップを手に取り、青い絵の具をたっぷり浸して、瞬く間に広い空を描き上げる。それから、さらに二本モップを取り、白い絵の具を浸して、サーカスの芸人みたいに二本同時に持ってぐるぐる渦を描いていく。一丁上がり！　青空を背景に、雲がかかり雪が積もった富士山が魔法のごとく出現する。

私たちは仰天して息を呑む。

と、応為が安藤からゴルフクラブを取り上げる。ゴルフボールを山から一個取り、灰色の絵の具に浸して、ティーの上に置く。着物の袖をまくって、ボールを打つ構えに入る。そうして、すさまじいスイングでボールを叩き、ボールは横の壁に激突する。壁から壁へと、ボールは頭上をジグザグにはね返り、私たちは悲鳴を上げて床に伏せる。

ようやくボールが落ちてくると、私たちは体を起こして膝をつく。と、驚いた鳩の群れが、父親の描いた雲と富士山の方に向かって飛んでいく絵が出来上がっている。

「こいつぁたまげた！」ＪＪが叫ぶ。「こんな綺麗な絵、見たことないぞ！　なあどうだ、扇、描いてくれんか？」


一週間後、コジマと私は〈スプーク・スポット〉に戻っていく。

シャッターが下りている。

「どうもＪＪさんが、夜に酒を飲み過ぎて、杵を盗んできてあそこでゴルフをしようとしたらしいです」とジュンゾーが教えてくれる。「えらい騒ぎになって、警察が来て、無許可のゴルフ施設ということで〈スプーク・スポット〉は閉鎖されたんです。残念ですねえ」

だが、持ち前の「不屈の精神」をもって――とジュンゾーは請けあう――安藤さんはきっと、新たな集団を顧客とする壮大な計画を実現することだろう。

その12　デパ地下有機農法トラック野郎

「髙島屋のデパ地下に寄りましょうよ、まだ開いてる！」フードライターのコジマが言う。私たちは新宿にいて、今日は早めに、東京タワー近くの滞在先に帰ろうとしている。けれど私たちはデパ地下が大好きなのだ。素晴らしい東京のデパートの、壮麗な地下食品売場！

お洒落な食べ物のワンダーランドへ、二人でいそいそ下りていく。目にも鮮やかなご馳走が、〈ティファニー〉の果てしないカウンターみたいに所狭しと並ぶ宇宙。マスクメロン（値段もティファニー並み！）、刺身が艶々と光る誘惑的なお弁当、アール＝デコふうのピラミッド型に積んだグルメ・キットカット、卵焼きの毛布にくるまった白いテディベアをかたどったキュートなライス。

いつもながら、ピエール・エルメの至高のマカロンに私は思いをはせる（あのマカロン、このそばのもう一軒のデパートにあるだろうか？）。思い起こせばいまも頬が緩む。十五年前パリで、グラン・パティシエその人たるエルメに会い（コジマが記事を書いていたのだ）、パリ左岸にある小さな「ブティック」を訪ねてからまもなく、初めて東京を訪れてみると、何とその絶品がこの街のデパ地下に、パリと同じ品質で売られていたのだ！　実際、エルメの「ブティック」第一号は、パリではなく東京でオープンしたのである。

「模倣と再現をやらせたら、日本人は世界一の目利きだねえ」私は叫ぶ。

「そうよねえ、カルメ・ルスカイェーダが言ったこと覚えてる？」とコジマも言う。「あのカタルーニャ出のシェフが、この街に支店を出した話」

もちろん。日本の支店はもうとことん正確なレプリカで、カウンターの釘のひっかき傷まで真似てあって、見て怖くなるほどだと彼女は言ったのだ。オリジナルより本物！

閉店間際の割引セールに突進しようと待ち構えている、年輩のご婦人二人をコジマは押しのけるように進んでいき、今夜のデザートにと、チーズやハムの代わりにチョコレートチップが入ったショコラバゲットを二本確保する。

それから私たちは、景色を楽しみながらバゲットを味見しようと——美味しいものを味わうとなるとコジマはまるでこらえ性がないのだ——髙島屋の屋上へ向かう。

のぼってみると、空は華麗な黄昏。そばで淡く光るドコモタワーは、一九五〇年代の日本の怪獣映画で使われたエンパイア・ステートビルの安っぽい模型のよう。チョコレートたっぷりのバゲットをもぐもぐ味見しながら、私たちは屋上庭園をぶらつく。ほかには誰もいない。

いや、あそこに誰か。

「変だな、あれ」と私は呟き、目を細くして、隅っこの方にぽつんと一軒あるフードスタンドを眺める。古めかしいカンテラが灯っている。私はさらに目を細める。「ベジタリアンかな？」

二人で近づいていく。果たせるかな、メッシュの袋に誇らしげに入れたポテトを売る屋台である。けばけばしい手書き文字、日本語と英語両方で看板に「仁義あるオーガニック・ポテト！　**農薬不使用！**」と書いてある。そばにもうひとつ看板があって「義侠心の刺青ファーマー！」。

年配の男が店をやっている。白髪頭に、お洒落な白いバンダナを巻いている。面長で四角い顎の、荒っぽいハンサムな顔が、私のなかの記憶を揺り動かす。男はちらちら揺れる――幽霊っぽく。

戦慄が私の体を貫く。

「菅原文太だ……」私は口から泡を吹く。

「誰――また幽霊？」コジマが冷たい顔で、齧ったバゲットを呑み込みながら言う。

「僕の映画アイドルの一人だよ！『仁義なき戦い』の主演さ、あそこの看板もあの途方もないヤクザシリーズの題名に引っかけてるんだ――深作欣二監督の！」

「だぁれ？」

「菅原文太は晩年、有機野菜を作ってたってどこかで読んだよ。文太さん！」と私は叫びながら歩み出る。

菅原文太は顔を上げ、片手を持ち上げる。「へいどうも！《イエッサリー》」と英語で答え、ニヤッと笑う。

「わぉ！　僕、あなたの映画の大ファンなんです！」と私は口走る。「あなたの初期の名作『現代やくざ　人斬り与太』、何年も前からＤＶＤ持っていて、大好きです、年中見てます！」

「ヘイ、じゃあ俺のポテト試してみなよ！」と文太は言い放ち、うしろに並べたジャガイモの袋を身ぶりで示す。「農薬不使用だよ。美しい山梨県の農場で作ったんだよ」

「で、なんでこんなとこにいるの？」コジマがうしろから寄ってくる。

「デパ地下売り場は争いが熾烈でさ。即ヒットしなけりゃ、あっさり追い出される。だったらここで、こっそり屋台やってる方がいいやね」なかば歯を剝くようにニタッと笑う。

英語お上手ですねえ、と私が褒めると、ヤクザ俳優仲間の高倉健に教わったのさ、との答え。「あいつ、ハリウッドで仕事してたから」

「高倉健もここに？」

私はあんぐり口をあけてあたりを見回す。

「いいや、どっかでロバート・ミッチャムとつるんでる」。またなかば歯を剝いてニタッ。

「よう、あんた日本語読める？　いいインタビュー載ってるんだぜ、俺のポテトサラダの話」。

カウンターに載った雑誌と、かたわらにあるポテトサラダの小さなボウルを文太は指し示す。

雑誌の表紙に床屋のサインポールを見て、私は目をパチクリさせる。

「ちょっと待って……何ていう雑誌です？」と私は息を殺して訊く。

「アホな名前だよ。『オヤジギャグの華』。床屋の雑誌だよ」

「ちょっと待って、それ、ロシア風ポテトサラダ？」コジマが割り込んでくる。

「いいや、わが家代々の秘伝だよ」と文太は言う。そこに横になっていた、昔の台所を撮ったプロモーション写真をまっすぐ立ててみせる。

コジマは写真をまじまじと見る。「だけどそれ、ニューヨークにあるあたしのママのキッチンじゃない！　あたしたちロシアの出で、ママはあたしの書いたクックブックのレシピでポテトサラダ作るのよ――ママのキッチンで！」

「いいや、代々の秘伝だ」文太が怖い顔になる。顎が不穏に引きつる。「わが家の台所の写真だ！」

　コジマは無料のミニスプーンをさっと手に取り、一口味見する。「これ、あたしのレシピよ！」コジマも怖い顔になる。「あんたのじゃないわ！　それにそこは、あたしのママのキッチンよ！」

「おい、やめないか」私は声をひそめてコジマに言う。「相手は本物の元ヤクザの口利きで映画に出た、カッとなったらただじゃ済まない男なんだぞ！」

「だってあたしのレシピよ、あたしのママの――」

「それがどうした！　それにこの人、僕に東京の話を書けって依頼した床屋の幽霊見つけるの手伝ってくれるかもしれないんだぞ！」

　コジマが地団駄を踏む。（文太に）「ざけんじゃねーよ！　サラダも写真も勝手に盗め！」。「あんたもあんたよ、幽霊ばなしもいい加減にしな！」（これは私に）。「あたし、帰る！　あんたら二人で勝手にやってな！」

　彼女はえらい剣幕で立ち去る。

　その背中を文太が睨み、卑猥な仕種を送る。「俺のこと、盗っ人だと？」

「いやいや違います」私は彼をなだめにかかる。「彼女、ちょっと動揺してるだけです。食べ物っていうのはロシア人にとってすごく大切で、母親とかキッチンとかもそうなんです。わかっていただけますよね。でもどうか、教えてください」私は真顔で頼み込む。「この雑誌、どこで出してるんです？　出版社の住所は？」

文太は私をチラッと見る。そして歯を軋らせる。雑誌をパラパラ乱暴にめくって、住所を読み上げる。「何、あんたここに行きたいのか？」と怖い声で訊く。「神保町だよ。わかったわかった、連れてってやる。どっちみちもう何部か要るし」。耳障りならなり声。「まったく、あの無礼なご婦人のおかげで、頭カッカしちまったぜ！」

それから、一瞬で気分が変わって、文太はニヤッと笑う。白いバンダナを剝ぎ取る。「さ、ここから出ようぜ、今日はもう仕事はたくさんだ！」

文太が屋台を畳んで、オーガニックジャガイモの袋と一緒に、そのへんの屋上藪のうしろに押し込むのを私は手伝う。それから二人で、従業員用エレベータに乗って地上に降り、薄暗い裏道に出る。大きなトラックが歩道に乗り上げて駐車している。車体にはド派手な竜の絵が描いてある。文太の目が輝く。「どうだ、すげえだろ？」

私たちはトラックの座席によじのぼる。文太は嬉しそうな声を上げ、白髪の頭に青い手ぬぐいをワルっぽく巻く。「俺の『トラック野郎』シリーズ、知ってるか？」カラカラと笑い、不意に手のなかに出現したビール瓶からラッパ飲みする。「メチャクチャ笑えるコメディさ！　あれが一番好きだな！」。トラックのエンジンがブルルンと息づく。クラクションがけたたましく鳴る。

「どけ、クズども！」文太は世界に向かってどなり、トラックは一気に走り出す。

轟音を上げて、月並みな車を次々抜いていく。トラック野郎文太がそこらじゅうの車に向けて中指を突き立てる。ビールをガブ飲みし、お前も飲め、と私にも一本投げる。

突然、トラックがキキーッと停まる。

「おぉっ！」文太は叫び、飢えたように舌なめずりして、歩道を歩く美人の若い女を見る。トラックから飛び出し、すたすたと女を追いながらベルトのバックルを外しはじめる。女は悪態をついて速足で歩き去る。文太はあっさりあきらめて、ニタニタ笑って戻ってくる。青い手ぬぐいの下の顔が私にニッとウインクし、トラックはふたたび轟音を立てて走り出す。なおも轟音を上げ、暗くなった神保町の古本屋街のあいだを抜けていく。昼間、私が安価な映画ポスターや風流な昔の雑誌を求めてうろつくあたりだ。と、トラックがキーッと停まる。

文太が目をすぼめて外を見る。

酔っ払った足どりのあとに私もついて行き、一軒の薄暗い店の前に出る。文太はドアをどんどん叩き、わめく。返事はない。文太は怖い顔でしげしげと見る。

「ケッ、間違えた！」

文太が隣の戸口に向かうとともに、私は思わずあっと叫ぶ。あの小さな床屋のサインポールが、そこにあるではないか。文太はふたたびどんどん叩き、わめき、酔った手つきでビール瓶を振り回す。「開けろ、ボンクラども！」書店街の神聖な夜を汚《けが》すしぐさ。

やっとのことでドアがわずかに開く。二人の若者が、呆然と私たちを見る。いまふうの見苦しい髪型、鼻リング、首には床屋の道具の刺青。一人は日本人で一人はガイジンだ。

「俺が誰だか知らんのか、あほんだら！」文太がふらつく体でどなりつける。ドアを乱暴に押す。

「もう閉店だよ《ウィアー・クローズド、マン》」ガイジンが英語で私と文太に告げる。

「おいおい！」ガイジンが抗議する。

「文太さん？」日本人の男が認識する。「トラック野郎！」

私たちは中に通される。

目の前に広がる空間に、私の口があんぐり開く。

「何なんだ、これ！」

それは私の、ニューヨークのアパートメントだ――私の、ささやかな仕事場。


「何なのよ、どこ行ってたの？　あたしのメッセージに返事もしないで」とコジマが、東京タワーの下の心地よい仮住まいにやっとたどり着いた私に叫ぶ。

「携帯の電池が切れちゃってさ」私は息も切れぎれに言う。「何があったか、聞いても信じないだろうよ！」。こざっぱりしたカウチに私は倒れ込む。「あの雑誌の出版社のオフィス、ニューヨークの僕の仕事場そっくりのレプリカだったんだよ、ただしそれが床屋になってて。僕、発狂したのかと思ったぜ！」

「したんじゃないの、だからやたら幽霊を引き寄せるのよ」

「どうやら一時的な作り物なんだけどね」彼女の言葉を無視して私は続ける。「すべて紙張り子と段ボールで出来てる。著者の僕に敬意を表したってわけさ、たぶんあの連中、ネットで写真見たんだね。けど『オヤジギャグの華』はもうなかった。『波』しか残ってなかったよ」

「あの連中って？」

「いまふうの若い床屋二人さ。でも壁には、そもそも僕に東京の話を書けって言った、謎の老人床屋の写真が飾ってあるんだ。といってもそれが誰なのか、奴らもよく知らない。二人とも、まるっきり無知なフリーターなんだよ。たしか横浜がどうとか言ってたな。けどそこで——そこで——」

「そこでどうしたのよ？　どうなったのよ？」コジマはすぐ短気を起こす。

「そこで、なぜだか、よくわかんないんだけど、日本人の方の床屋が、文太さんは東北の仙台出身だって言い出したんだ、あの恐ろしい津波に襲われた所だよ。すると、べろんべろんに酔っ払ってた文太が、急にものすごく悲しそうな顔になったんだ。で、なぜか、日本人床屋に侮辱されたと思い込んで、そいつに殴りかかったんだよ。それから仙台を想ってしくしく泣き出して、僕たちみんなひどく悲しくなってしくしく泣いて、それから文太がわあわあ泣きながらどなって、仙台に帰らなきゃ、愛しい傷ついた仙台に帰らなくちゃ、何だって俺デパ地下でイモなんか売ってるんだって言い出して、もうすっかり怒り狂って、床屋の店内あらかたぶっ壊しちゃって、床屋たちに襲いかかって、奴らが逃げ出して……そうして文太はトラックに飛んでいって、すごい勢いで走り去った。仙台に行ったんだね、きっと」

「わぉ」

「で、僕がここへ地下鉄で帰りつくのに一時間半かかったわけさ。お腹がペコペコだよ！

ショコラバゲットは？」

「食べちゃった」

「バゲット、二本とも食べちゃったのか？」

「ほんとに美味しかったんだもの！」。間《ま》。笑い。「ハハ、あんたにもう一本買っといたわよ。はい――ちょっとぉ、ひったくらなくたっていいでしょ！」

だがそんな言葉を聞いてる奴はいない。


翌朝私は、眠っているところを乱暴に揺り起こされる。

「起きなさい！」私を見下ろして立つコジマが言う。「あたし、ふっと気づいたのよ。あんたわかってる、あたしたちがどれだけここにいたか？　そしてあたしたち、マスク着けないといけないのよ、冗談抜きで！　それにあんた、オリンピックのことも聞いてないでしょ！ねえ、聞こえてるの？」

その13　魔法にかけられて

「覚えてるかい、去年の春ここに来たこと？　日本に着いてすぐだったよね」私は呟く。

私たちは桜の花を見に、上野公園最寄りの地下鉄から出てきたところだ。私は戸惑った笑い声を漏らす。「僕たち一か月か、せいぜい二か月で帰る予定だったのに、なぜか……なぜかもう丸一年経ってしまった。東京に……」私はごくりと唾を呑む。「東京に呪いをかけられたんだ！」

コジマは聞いていていない。

「誰もいないじゃない」と彼女は言う。「それに地下鉄、ガラガラだった」

私たちは呆然と、前方にずらりと並んだ桜の花を見る……不気味に人がいない。

「中国人観光客もいない」コジマが言う。「地元の人たちも、にぎやかなお花見集団も」

「去年見たローラー族のロカビリー・ダンサーたちも」私も言い足す。

私たちはマスクを着けた顔でたがいを見る。

用心と驚嘆の交じった気持ちで、ヘンゼルとグレーテルのように、二人で公園に足を踏み入れる。なんだかまるで、巨人のペストリー・シェフが酔っ払ってケーキのアイシングを手に歩きまわり、目に見えるものすべてに塗りたくり撒きちらした区域に迷い込んだみたいだ。頭上の空はこの上なく明るい青、天国のごとき春の青空。けれど、その恍惚の情景に、不穏な雰囲気が……人っ子一人いない……

「いや、待って、あそこ」私はコジマに言う。「お花見やってる」

満開の枝の下で、ユニフォームのパンツとTシャツ姿のほっそりした女性が何人かバレーボールをやっていて、中年男性が指導している。ほかにも中年男が数人、そばに敷いた毛布の上でくつろぎ、酒を飲みながら騒々しく見物している。

花の影にまだらに彩られた陽光のなか、全員がゆらゆら揺れている。マスクはしていない。

「また幽霊」とコジマが鼻を鳴らす。

「見に行こうよ。ネットで確かめたけど、幽霊は感染しないいんだ」

「嫌よ！　あんたは行きたきゃ行きなさいよ、あたしは餃子を探しに行くから！」

そう言って彼女はすたすたと、屋台を求めて、犬を連れた西郷さんの方へ行く。

いつもながらの無益なしぐさを、私はその背中に投げつける。「気をつけろよ！」と私は言い足す。

盛り上がっている人たちを見てみようと、私は——いささかおずおずと——近づいていく。バレーボール選手たちのTシャツには、レトロな字体でNipponと書いてある。スニーカーは旧石器時代かという古めかしさ。みんな明るい気分で練習しているようだ。サーブ、ダイブ、セットアップ、水が交叉する噴水みたいにアクロバットに跳ぶフェイント、ビシッと決まるスパイク。指導している男は笑い、手を叩く。耳のうしろに桜の花びらが一枚。

突然私は、これは六四年東京オリンピックのチャンピオン・チームだと悟る。かの有名な「東洋の魔女」！

その後のオリンピックの展開を思うと、彼女たちの姿が胸を刺す。

「ヘイ、ヤンキー、バレーボール好きか、俺らの昔のチャンピオン好きか？」毛布から叫び声。「俺ら過去をふり返ってるのさ、オリンピック、延期になったから！」。私はそっちを見る。声を上げた人物が手を振って私を招き寄せる。片手でがっちりウイスキーの壜を握っている。むき出しの胸に、黒い革ジャンを羽織っている。

一九六〇年、ヤクザ映画の古典『からっ風野郎』の思いがけない主演男優だったときと同じ格好。

私の両目がほとんど頭から飛び出す。

「三島さん？」私は息を呑む。

「おう。あんた、どっから来た？」

「ニューヨークから」私はどうにか答える。あんぐり口を開けないようにこらえる。彼の肉体は損なわれていないようだ——あの最後のおぞましい姿ではない。

「ニューヨーク！」ヤクザ映画の荒っぽい喋り方そのままに怒鳴る。「俺さ、パーク・アベニューに泊まったんだぜ、すんげえお洒落でさ！　あんた、ニューヨークでバレーボールやる？」

「ええ、前は」私の息がひどく荒くなる。「あなた——あなた、『からっ風野郎』で、刑務所でバレーボールやりましたよね！」

「え、あの映画知ってんの！」だらっと相好《そうごう》が崩れる。

「あなた、素晴らしかったですよ」と私は嘘をつく。台本にないのに彼がやたら共演女優をぴしゃぴしゃ叩いたことは言わない。「あなたの奥さんにもお会いしましたよ、瑤子さんに！」と私は口走る。「車に乗せてもらいました、すごく運転上手ですよね！」

「ああ、とにかくあいつ運転好きでさ。いまじゃときどきUberの運転もやるんだぜ！」

彼ははははと笑う。座るよう私に合図する。私の肩をぴしゃっと叩く。ウイスキーをぐいと飲み、毛布に座った仲間たちの方を向いて声をかける。一人は洋服を着ていて、もう一人の、見るからに痩せた、もじゃもじゃの山羊ひげの男は小汚い白い着物を着ている。みんな花見気分のほろ酔い加減だ。

一瞬気が散って、私はバレーボール選手たちに見とれる。それから、夢のなかのような不思議の念に包まれて、私は木々の枝を見回す。どこもびっしり花が咲いて、美しさがはち切れそうで……奇妙にも誰一人見ていない。

「誰もいませんね」と私は呟く。

三島は肩をすくめる。「けどいいじゃねえか。今年の桜はとりわけ綺麗で、見物人はいねえし、混みあう屋台も出てなくて、花の裸の体だけ。夢みたいに綺麗だぜ！」

私はうなずく。携帯を取り出し、急いでコジマにショートメールを送る。

「**三島と一緒！　屋台ないってさ、戻ってこいよ**」

バレーボールが跳ねてきて私に当たる。私はそれを、のっぽの、ほかの選手たちより少し年上の幽霊に投げ返す。そのたくましい顔を、遅まきながらしげしげと見る。誰だかわかった——かの有名なキャプテン、河西《かさい》昌枝。私は面喰らって、アクロバットをくり広げる彼女のチームメートたちを見る。

「だって、東洋の魔女って、まだ大半は、ええと……この世に属しているのでは？」と私は三島に訊く。

「ああ。こいつらはね、自分が若かったころの幽霊だよ」と彼は答える。そしてニヤッと笑う。「ひょっとしてあんたが若かったころの幽霊も、どっかそのへんでうろうろしてんじゃねえの」

私も面白がってニヤッと笑い返そうと努める。内心愕然として、こっそり周りを見る。

東洋の魔女たちは、かの有名な「回転レシーブ」の練習を始める。花びらが散った草に頭からダイブし、一回転してすくっと起き上がる。見ればコーチも名高き「鬼」こと、狂気のスパルタ方式で知られる大松《だいまつ》博文だ。でもちょっと見にはわからなかった——わめきも罵りもしないし、ボールを意地悪く投げつけたりもしないからだ。笑って、手を叩いて、耳に飾った桜の花びらを整える。東洋の魔女たちの楽しげなプレーを陽光が包む。

スーツを着た三島の花見仲間が、私の方に顔を寄せて、日本語で何かわめく。

「こいつはね、売れっ子作家の水上勉」と三島が言う。「あの娘たち可愛い笑顔だなあ、キュートな白い顔には何のこわばりもないって言ってる！」

三島は鼻を鳴らし、革ジャンの下の体をぼりぼり掻く。全然賛成していない。

汚い着物を着た幽霊が、水上の肩に腕を回し、騒々しく怒鳴り、酒瓶を振り回す。

「ハ！　こっちは一休宗純、酒と女が大好きときてる」三島がくっくっと笑う。「ソ連バレーのオリンピックチームの華、リスカルを見たいのさ。おっきなおっきな、髪の長い、胸の立派な、刀の刃みたいに飛んでボールをぶっ叩く娘！」

そう言ってまたウイスキーをガブ飲みする。ぼりぼり体を掻いて、突然、楽しげなバレーボール選手たちを睨む。

「お前ら、まるっきりママさんバレーじゃねえかよ！」と彼は英語で叫ぶ。「おい大松監督、なんだってそんなに優しいんだ――あんた、来世に来たらフヌケになっちまったのか！」

そう言って三島は、そばに転がってきたボールを摑み、よっこらしょと立ち上がる。悪意を込めて、東洋の魔女の一人にボールをもろにぶつける。

騒動が持ち上がる。小説家と、僧侶兼詩人がよたよたと起き上がり、三島を押さえつけようとする。私も加わる。怒号飛びかう、酒漬けでよたよたの取っ組み合いが生じる。バレーボール選手たちは腰に手を当てて見物している。

と、大松が笑いながら叫び声を上げ、ふたたび次々ボールを投げて、東洋の魔女たちは草一面で回転レシーブ態勢に入る。みんな意気揚々、何とも楽しげだ。

突然、三島が暴れるのをやめる。ヒョーッと奇声を上げて身をふりほどき、酔った身でよたよたと、革ジャン姿で回転レシーブを真似しはじめる。

そして私たちもそれに倣う。一休和尚まで着物をぱたぱたはためかせ、落ちた花びらの上を無茶苦茶に回転して素っ頓狂な声を上げる。

とうとう私はくたびれ果てて、大の字になってハアハア荒く息をする。くらくらする頭で、途方もなく広がるピンクと白の花と、まさしく天のごとき青空を見上げる。『七人の侍』の、花咲き乱れる野に寝転がり、自然の美しさに圧倒されている若造みたいな気分だ。この美しさはほとんどあんまりだ、こんないまにもはち切れそうな、過剰な麗しさは……不気味にも、不可解にも、人はいない……

魔法にかけられた……

「どこにいる？」コジマにショートメールする。

「中目黒よ、来なさいよ！　スゴイのよ。誰もいない」

「だって三島と一緒なんだよ！　そこまで一時間かかるし！」

「山手線で30分。電車ガラガラ。来なさいよ！」

「こりゃすごい！」

私はあんぐり口を開け、目を星にして見入る。

「でしょ」とコジマ。

目黒川の小さな石壁の水路はいつだって絵になる。だがいま私たちは、手をつないで、繊細に官能的な春の、熱にうかされた夢の国を歩いているみたいなのだ。黄金の日の光が注ぐなか、桜の木の枝が、ゆらめく水の上に広がって絡みあい、一種の天幕を作っている。アニメ・ファンタジーに出てくる花の洞窟。

そう、まるで、美しく描かれたアニメの一シーンを現実にした只中に迷いこんだみたいなのだ。

「でもやっぱり誰もいない」と私はマスク越しにそっとくり返す。

「ええ、不気味よね」コジマも同意する。「でもほんとに綺麗……甘ったるい宮崎映画のシーンみたいに」

「僕もそう思ってた！」

私たちは立ち止まり、花吹雪が周りに降るのを眺める。まるで見えない手が撒いているみたいだ。と、ずっと上の方から、ケラケラ明るい笑い声が降ってくる。

小柄なティーンエージャーの女の子が、私たちの頭上をすうっと過ぎていく——箒に乗って！　一匹の黒猫も一緒で、前足を使ってカゴから花びらを投げている。

「うわあれ、キキだ——」私は口から泡を吹く。『魔女の宅急便』の子供魔女！　どうなってんだ？　僕たちほんとに、宮崎映画に紛れ込んだのか？」

私はぽかんとコジマを見る。彼女もぽかんと私を見る。

「この桜の季節、魔法にかかってるんだよ」私は彼女に言う。「掛け値なしの、本物の魔法に！」

と、狂おしい叫び声に私たちは気づく。

周りを見て、ギョッと身を引く。灰色の着物を着た、ちらちらゆらめく姿が、向こう岸の花の下を千鳥足で進み、箒に乗ってケラケラ笑う女の子に向かって叫んでいる。

「カワイイ！」とその姿はわめき、手を振り回し、こっちへおいでと女の子を招く。「すっごくキュート！」

誰だかわかった。

「まただ——太宰治の幽霊！　きっとジブリ美術館から追っかけてきたにちがいないよ、あそこって太宰が住んでたところの近くだから」

「気をつけないとあの人、川に落ちちゃう」コジマが息を呑む。

「だって溺死したんだから、それって不気味すぎるよ。もう見てられないよ、帰ろう！」

こうして私たちは、いっぱいに膨らんだ蠱惑的な花の下、誰もいない小径を、速足で地下鉄の方に向かう。太宰の必死の嘆願と、陽気に頭上を飛び回る魔女のクスクス笑いを聞きながら。

その14　ALWAYS 二丁目の月光

「なんかこのところ、街が静かねえ」コジマが言う。

私たちは東京タワーのすぐそばのアパートメントの、表側の小さなバルコニーにいる。九階下の、この時間ふだんなら車の往来も激しく、ヘッドライトが行き交う大通りは、目下ほとんど人影もなく、陰気な静けさをたたえている。キリコの描く夜の情景のなかの東京。昼間でも同じで、あるとき、いつもならスピーカーから壊滅的な騒音を発しながらやって来る極右の街宣車が、妙に大人しい音を出しながらのろのろ這ってきた。脅しの文句をブツブツ独りごちる頭のおかしい男みたいに。

コジマと私は裏のバルコニーに回ってみる。こちらでは東京タワーが、さながら巨人が掲げた陽気にほのめく提灯のように、夜空に向かって巨大にそびえている。もしくは、陽気にほのめく提灯に変身させられた巨人のように、か。タワーと私たちのあいだには、わずかばかりの墓場と、心光院の小さな屋根がある。

「そしてタワーの横で月が輝く」と私は囁く。「ALWAYS 二丁目の月光……」歌うように言う。

「へ？」とコジマ。

「だからさ、東京タワーが出てくる人気映画……誰だって知ってるよ」と私は小さく鼻を鳴らす。「で、ここ、二丁目だろ」

私たちは黙り込み、ただ見つめる。

「散歩に行きましょ」コジマが出し抜けに言う。「あたしたちもう夜ほとんど出かけないじゃない。何もかも不気味で、魔法の国みたい。いまなら街を独り占めよ」

私は彼女の顔を見る。「よし。でもほんとに気をつけないと。それにきっと幽霊もいるよ」

「わざわざ言わないでよ」コジマがため息をつく。

もう習慣になったマスクを着けて、私たちはこっそり外に出て、大通りを速足で少し行き、左に曲がり坂道を上って、郊外に造ったレプリカみたいに真新しく見える心光院の門の前を過ぎる。タワーは頭上で煌々と輝き、その強大な、地についた足は、空高くそびえるさなかにも、地上の現実を劇的に変えているように見える。なんだか混乱してくる。視覚上の謎みたいだ。

あたりには誰もいない。

「タワーとかさ、このへんのものだいたいみんな、かつての徳川将軍家の墓の上に建てたんだよね」と私はコジマに講釈する。なぜか私はヒソヒソ声で喋っている。

「うん、知ってる知ってる」とコジマもヒソヒソ声を返す。そしてすばやく左右を窺う。

私たちはタワーを過ぎて、カーブを描く人影のない通りを下り、また別の静まりかえった大通りを渡って、その向こうの細い、葉の茂った道をたどる。徳川家六人の将軍が埋葬されている増上寺が右手に広々と見える。月光の下、私たちは黙って進み、やがて境内に入っていく。大きな、翼形のひさしがある本堂が、もう少し小ぶりだがなかなか魅力的な、名高い黒本尊《くろほんぞん》を祀る安国殿《あんこくでん》のすぐ向こうにそびえている。

側面には、大枝の葉むらがまだらに月の光を通す下、陽気な赤いニット帽をかぶり赤いよだれかけを着けた、水子供養のための小さな石の地蔵がずらりと並んでいる。プラスチックの風車がそれぞれのかたわらで、夜風に吹かれて揺れる花びらみたいにくるくる回っている。頭上高く、私たちがいま来た方角で、東京タワーが煌々と照っている。

と、私たちの周りの月光が、ちらちら揺れるように思える。小さな地蔵たちが笑っている気がする……ひどく小さな声で。そして、体を細かく揺すっているようにも。

コジマと私はハッと息を呑み、見開いた目を合わせる。

それから、私たちはふたたびギョッと驚いて、こそこそと近くの木蔭に隠れる。髪の毛が逆立つ。ちらちら揺れる姿の一団が、地蔵たちの向こう、徳川将軍家墓所の方からゆっくりこっちへやって来るのだ。厳めしい様子の、ずんぐりした小柄な男たちが、黒い着物を着て黒い冠を被っていて、髷《まげ》を納める巾子《こじ》が黒い舌のようにまっすぐ上に突き出ている。花柄の着物を着た妻たちがそのあとからしずしずとやって来る。妻たちの額には二つ目の眉が描いてある。コジマと私が啞然として見守るなか、幽霊たちは地蔵たちの許にたどり着く。そして身を乗り出し、地蔵たちにくーくーと、孫を可愛がる祖父母のように甘い声をかける。地蔵たちもピーピー声を上げ、よちよちと寄っていく。

突然、騒動が生じる。醜い、爬虫類のような姿が地面から飛び出してくるのだ。そいつらが、地蔵のかたわらに丁寧に積まれた石を蹴倒しはじめる。

「何なんだ?」私はささやく。

「生まれなかった子供が来世でもっといい場所へ行くには、石を積まないといけないのよ」とコジマがささやく。「で、悪霊どもはそれを壊したいわけ」

私は目を白黒させて彼女を見る。「どこでそんなこと、知ったんだ?」

「あんたがYouTubeでヤクザ映画に見とれてるあいだ、ちゃんとリサーチしてる人間もいるのよ!」

だが悪霊どもは将軍の一団の敵ではない。将軍たちは扇でさっさっと叩いて彼らを追い払う。それから、石を積み直そうとかがみ込む。

と、地蔵たちがにぎやかに声を上げ、指さす——東京タワーの方を。

将軍たちとその妻たちは顔を見合わせてため息をつく。そして肩をすくめる。すっかり興奮した、赤い帽子をかぶった小さい者たちを彼らは招き寄せ、子らの望みどおり、輝かしく光る東京タワーを見に行く。

突然、彼らはぴたっと立ちどまる。それぞれが、縦にのばした指を一本ずつ、自らの頭の左右に角《つの》のように立て、先祖代々の安らぎの場所をかくも無礼に汚《けが》した高き侵入者にあっかんべえをしてみせる。誰もが嬉しそうに笑い声を上げる。やがて全員がふたたび通りを進んでいく。

彼らが立ち去るのをコジマと私は見守る。私たちは回れ右して、ぶらぶらと増上寺の境内に入っていき、大殿《だいでん》本堂の前を通っていく。その堂々たる屋根が、月の光を浴びて暗い、二層の翼を妖しく広げている。その向こうの夜空にタワーが煌々とそびえる。私たちはしっかり手をつなぎ、長い階段を参道に降りていく。前方には正門たる、赤い荘厳な三解脱門《さんげだつもん》がそびえている。華麗なる二層の屋根の下に格子窓がめぐらされたこの門は、東京で最古の木造建築物であり、かつてのもうひとつの苦しみ多き時代を——戦争の恐ろしい日々を——生きのびた境内唯一の建物である。

「すごく不気味ねえ」コジマが呟く。「周りに誰もいなくて」

「ああ、幽霊以外はね」

三つに区切られた門の方に、ちらちら揺れる姿が二つ。

私たちは恐るおそる近づいていく。二つの姿は言い争っているように見える。一方の、もじゃもじゃの山羊ひげを生やした方は、眼鏡をかけて白衣姿。もう一方の、荒々しい美男子は、派手な縞模様の上着を粋に着こなし、一九四〇年代後半のヤクザといった風情だ。

彼らの言い争いはますます熱を帯びていく。突然、二人の正体を私は悟る。

「三船と志村喬《たかし》だ、『酔いどれ天使』の!」

「え、誰？　何？」コジマが言う。

私が答える間もなく、三船が志村を絞め殺そうとするかのように、その喉に摑みかかる。志村は抵抗して身を振りほどき、どこからか幽霊の酒瓶を摑んで、体勢を整えもせず三船に投げつける。三船はひょいとよけ、ゲラゲラ笑う。

彼らは呆然と見ている私たちに気づく。二人の動きが止まる。

「三船さん！　志村さん！」私は叫ぶ。「二人とも黒澤映画の大スターだよ」と私は早口でコジマに耳うちする。「アル中の医者と、肺病病みのヤクザの映画なんだ」

「わお」とコジマ。

幽霊二人が私たちの方を向く。「お。《オウ。》よう、《ハイ、》こんちは《ゼア》」と三船が訛りのきつい英語で言う。目をパチクリさせ、騒々しく鼻をすする。酔っ払っている。志村も同じだ。

「私たちはある場面を再現しているのです」と志村が英語で宣言する。『酔いどれ天使』における結核は、悲しいことに、今日東京が直面している大きな脅威を想起させます」

「あ、ええ、そうですよね」私はしどろもどろに言う。映画界のわが英雄二人を前にして私は圧倒されている。

「ミズネってすごくハンサムね！」コジマが囁く。

「ミフネだよ」私も囁く。「黒澤さんもここにいらっしゃるんですか？」と私は声を上げて訊く。

「いんや、またどっかで北野武とペチャクチャやってんだよ！」と三船が鼻を鳴らす。

「きっとまたね、ウイスキーのコマーシャルの案練ってるんですよ、いつだってそうなんだ！」志村がくっくっと笑う。

私は志村の立派な英語を褒める。

「私ね、学校で英語が大の得意だったんですよ」と彼は答える。「文芸誌に文章も載りました。詩を翻訳したんです。たとえばジョン・キーツ——

明るい星よ、汝のごとく不動でいられたら

夜空高く　孤高に光り輝くのではなく――」

三船が彼の胸をばしんと叩く。「カッコつけるんじゃねえ！」三船はうなるように言う。うめき、歯を剝き、袖で口を拭う。「さあ、もういっぺんやろうぜ！」と胴間声を上げる。三船は構えに入り、ふたたび志村の喉に摑みかかる。一進一退の取っ組みあいがくり広げられる。ほとんどリアルに思える。コジマと私はごくんと唾を呑んでたがいを見る。

鋭い、低い、叫び声がアクションを凍らせる。

さらに二つ、幽霊の姿が、門のすぐ外で止まった。一人は背の高い、派手にあごひげをのばした、三十代後半のヨーロッパ人である。もう一人は、しなびた日本人のご老体。どちらもゆったりした柔道着を着けて、明治風の山高帽をかぶっている。

叫んだのはどうやらヨーロッパ人の方らしく、今度は三船に向かって、さらに何か鋭い一声を投げつける。三船は目を白黒させ、荒々しい驚きの浮かぶ、いかにも彼らしい表情を浮かべる。歯を剝いて何か言い返す。

「この阿呆、俺にやめろって言うんだ！」と三船はコジマと私に英語で伝える。蔑みの念に鼻を鳴らす。

「医者をそんなふうに無礼に扱うものではない」とヨーロッパ人が、ドイツ訛りの英語で言いはなつ。

「私たち俳優なんです、昔の場面を再現してるんです」と志村が、これも英語で、取りなすように言う。

「あんた俺たちのこと知らねえのか?」三船が凄み、胸を張り、睨みつける。

「知らんね、私はヘル・ドクトル・エルヴィン・フォン・ベルツ、日本に西洋医学を広めた功労者だ。君らのやってるのがただの演技だろうと同じこと、医学に携わる者をそんなふうに扱ってはいかんのだ、たとえ作り話のなかでも。今日《こんにち》この都市が味わっている苦しみを想えばなおさらではないか!」。指を一本振って、さらに言う。「そもそもこの大きな三門を通る者は、貪り、怒り、愚かさの罪から解放されることになっているのだ」

三船は両手を腰に当てる。相当カッカと来ている。「なぁにが怒り、愚かさの罪だ」と、キーキーからから声で言う。「なら、あんたとそこの爺ちゃんとでどうするつもりだ?」と彼は問いつめる。「え?」

あごを突き出し、いつもの表情で睨みつける。

「こちらの立派な紳士は」とドクトル・フォン・ベルツは答える。「千葉の戸塚先生であらせられる。この方のご指導を得て、私は柔道を日本に広めた。君たちは知らんかもしれんが」

三船は騒々しく鼻をすする。仰々しく一歩前に出る。「へえそうかね」と彼は歯を剥く。そしてあははと笑い、侵入者たちの山高帽を叩き落とそうと、縞模様の腕を棍棒のように振り回す。

祖父のごとき戸塚はしなやかに身をかがめ、三船の通り抜けていく袖を摑み、ぐいと腰を回して彼を地面に投げ飛ばす。

志村がゲラゲラ笑い出す。

「浮腰《うきごし》」とフォン・ベルツが判じる。

三船はなかば呆然として体を起こす。それから胴間声を上げ、凄まじい剣幕で立ち上がり、戸塚老人めがけて突進していく。戸塚は脇へよけ、ふたたび三船の袖を摑み、その体をくるっと回転させて、一気に肩に背負い、地面に投げ飛ばす。

「背負い投げ」とフォン・ベルツ。

「大外車《おおそとぐるま》」を経て、締めくくりは壮麗に「俵返し」。

三船はぶざまに横たわり、文字どおり呆然自失、目も寄り目になっている。志村はひどく面白がってくっくっと笑い、額をさする。のちに『七人の侍』で賢者の侍を演じるときにやるしぐさだ。

「これで思い知ったかね」とドイツ人医師は言ってのける。そして重々しくうなずく。それから戸塚とともに山高帽を整え、二人は音もない大通りを悠然と歩いていく。

志村が寄ってきて、三船を少しずつ立たせてやる。三船は痛そうに肩を回し、去っていく山高帽二つの方を睨みつける。志村が三船の背中をばしんと叩き、ニヤニヤ笑って、もう帰ろう、と回れ右させる。「それじゃ」志村はさっと手を振り私たちに別れを告げる。「黒澤さんのところへ行って、ウイスキー分けてもらいますから！」

叩きのめされた相棒を引っぱって、志村は立ち去る。

コジマと私は、目を丸くして顔を見合わせる。月光の下、私たちもアパートメントに戻っていく。地蔵たちはまだ帰ってきていない。東京タワーの下まで来てコジマと私は地蔵を探すが、空高くそびえる光がまぶしくて、その姿は見えない。心光院の前を通りかかったとこ

その14 ALWAYS二丁目の月光

ろで、私たちはしばし止まる。幽霊と思しき若い女――きっと女中だろう――が墓石から墓石を歩いて回り、優しい慣れた手つきで石を拭いていく。私たちは彼女と目を合わせ、手を振り、親指を突き上げる。彼女はとまどった顔で見返す。是認を表わす国を超えたしぐさにまごついている様子。

「最後は妙な締めくくり方だったね」と私は、無事アパートメントに帰りついてからコジマに言う。「親指上げ《サムズ・アップ》のしぐさ、知らない人なんているのかな?」

「十七世紀のお女中、お竹は知らないでしょうね」とコジマは、ベッドでMacBookと睨めっこしながら言う。「お竹とはすなわち大日如来である。大日如来とは深遠なる叡智を有する仏様であり……」

私たちはハッとしてたがいを見る。あわててベッドから飛び出し、大日如来を祀った祠《ほこら》と周りの墓地を見下ろそうとバルコニーに飛んでいきかける。が、結局そうはしない。二人ともベッドのなかに戻る。月光の下での出来事は、もう一晩分たっぷり見たのだ。

その15　自分で作っちゃえ！ファンクラブ

「ああ、いったいいつになったら終わるの？」コジマが愚痴る。

落着かない、脅威の影さす東京の日々はずるずる長引く。私たちがアパートメントから出るときも、つねに細心の注意を払わねばならない。入念にマスクを着けて、油断なく。地下鉄や人込みは避ける。泥棒のごとくこっそりと、大急ぎで、コンビニにこそこそ出入りする。たまに散歩をするときも、終始周りを見てソーシャルディスタンスを保つ。

友人たちにも会わず、ほとんどいつもアパートメントにこもって、まるで東京という名の海で難破したみたいに私たちは暮らしている。

その退屈さ！　あいにく延期となったオリンピックがあったら、（テレビで距離を確保して）大きな気晴らしだったろうに。代わりに私たちはネットで映画を観て、YouTubeで犬や猿やカワウソの映像を観る。デジタル機器の小人国的シアターで、疲れてしょぼつく目をこすり、市川崑の壮大なワイドスクリーン映画の古典『東京オリンピック』を覗き込む。

さらに気を紛らわそうと、私たちはアパートメントで日本文化の実演を企てる。小さなメインルームで、コジマは芸者の舞踊——の・ようなもの——を、着物の代わりにバスローブを羽織り頭にふきんを被って試みる。スマホが陰気に鳴らす三味線の響きに合わせて彼女は膝を曲げ、ゆっくり回って、危うくバランスを失いそうになってクスクス笑い、両手をゆっくりはためかせる。優雅に、風を撫でるみたいに。

私の方は、チャンバラに入れ込む。『座頭市』や『三匹の侍』が手本だ。もっと小さなサイドルームで、着物の代わりにバスローブを羽織り箒を振り回し、必殺の一太刀《ひとたち》をあらゆるアングルから実演する。トイレットペーパーの芯を小さな机の上に立て、大きな鋭い包丁でボール紙の芯をスパッと切る、なんてことまで企てる。まっすぐ斬るのだ、曲がってはならない、首を斬り落とされる者に不要な苦しみをもたらさないように、と私はインターネットで学ぶ。

私たちはこれを動画に撮って、「自分で作っちゃえ！ファンクラブ」と呼ばれる新しいフェイスブック・グループに投稿するつもりなのだ。人気の高かった動画何本かが、延期となったオリンピックの開会予定だった日に、特別なショーケースから流されるのである。

ある日の午後、玄関で奇妙な物音が聞こえ、どんどんと鳴る音がして私たちの練習を遮る。

「どなたです？」

答えなし。

私たちはマスクを着けバスローブ姿で恐るおそるドアを開ける。

ぽっちゃりした体つきの、麦わら帽をかぶった丸顔の日本人幼児が立っている。二歳くらいの男の子で、私たちをじっと見上げている。

私たちは呆然として男の子を見る。男の子はちらちらゆらめく。

「幽霊！」コジマがキーキー声を上げる。

小さな、ゆらめく子供は目をぎゅっとすぼめ、口を開き――そしてギャアギャア泣き出す。

「やだぁ！」コジマは叫んでさっさと逃げていく。

私は縮こまって身を引き、目を見開いてこの亡霊に見入る。

突然、小さなフロアに一台だけのエレベータのドアを通り抜けて、もうひとつのゆらめく姿が現われる。中年に差しかかった、端整な顔立ちの女性の幽霊で、一九五〇年代ふうのタートルネックのセーターにスカート（コジマの「やだぁ！」がまたうしろから聞こえる）。女性はいそいそと子供の許に行き、日本語で呼びかける。

「お騒がせして申し訳ありません」彼女は英語で私に言う。「太郎はあちこちうろつくのが好きなんです！」。その目には活きいきした、悪戯っぽい表情がある。

小さな子供は依然ギャーギャー泣きわめいている。

「大変恐縮なのですが」女性が言う。「お宅のお手洗い、ちょっとだけお借りできませんでしょうか？　ほんとに申し訳ありません！」

こう頼まれて、駄目とは言えない。

「駄目よ！」背後でコジマがささやく。が、すぐさま「あら――なんて可愛い子！」。私の横から回り込んでいき、何か子供に向かってさも嬉しげにペチャクチャ言っている。子供は一瞬目をパチクリさせてコジマを見るが、またすぐ泣き出す。

というわけで、私たちは二人の幽霊を中に招き入れる。

トイレの水が流され、客人たちがバスルームから出てくると、私たちはたがいに自己紹介しあう。相手は幽霊なので、コジマも私もマスクはしない。

「タロー」コジマが男の子の名前を復唱する。「それにナットは」と今度は母親の名に言及する。「大豆を発酵させた料理よね！」

「ええ、健全な同音異義語です」と女性は、よくわかりましたねという顔で反応する。

彼女の英語の巧みな表現を私は褒める。

「東宝で翻訳の仕事をしていたことがあるんです」女性は答える。そして一礼する。

私はコジマと自分を紹介し、バスローブ姿を詫びる。「いま、動画を作ろうと思って、練習中でして。フェイスブックのグループで──え、ちょっと待って」私はようやく気がついて口走る。「あなた、和田夏十さんですね、市川崑の奥さんで、仕事の上でもパートナーだった！　驚いたな、僕もちろん『東京オリンピック』大好きですよ、僕たちついさっきも観てたところなんです。それにあの痛ましい、陰惨な傑作『野火』。それと愉快な『黒い十人の女』」

「まあ、ありがとう」夏十は気をよくして言う。「そしてこの子は、私たちの映画『私は二歳』に出てくる赤ちゃんの太郎です。現実の人間としては鈴木博雄で、ここにいるのはそのすごく幼いころの幽霊。あなた、日本の料理に詳しいのね！」──と、これはコジマに。

ええ、フードライターなんで、とコジマは朗らかに答える。

「じゃあ、こうしましょう」と夏十が言う。何かひらめいたのか、目がキラッと光る。「映画の提案をさせてください、って昔は言ったのよね」

提案はこうである。太郎をカウチで昼寝させているあいだ、夏十がスマホで、コジマが自家製のどら焼きを作っているところを映像に撮る。それを「自分で作っちゃえ！ファンクラブ」に投稿するのだ。どら焼きの材料がここの小さなキッチンのカウンターに揃っていることを、夏十はすでに目にとめている。

「ええ、どら焼き、作ってみたいと思ってたの！」コジマが叫ぶ。

「結構！」夏十が目を輝かせる。「これは河瀬直美へのオマージュよ。あの人、今度のオリンピックの公式映画を監督することになっているのよね。とてつもないどら焼き屋をめぐる『あん』っていう素晴らしい映画を撮ってるわ」

「市川さんもここへおいでになるんですか？」私は口をはさむ。

来ない、との答え。「うちの旦那はね、『東京オリンピック』の開会式を撮り直してるの。ソーシャルディスタンシングに合わせてアップデートしてるのよ。これも『自分で作っちゃえ！ファンクラブ』に出すの。ウォルト・ディズニーとコラボしてるのよ、ディズニーのことは前から尊敬していて」。ここでクックッと、やや苦笑い。「でもねえ、ディズニーさんは『メリー・ポピンズ』のキャラクターを混ぜたいみたいなの！　あたしだったらむしろスピルバーグとコラボしたいわね。『E.T.』はこの世で生きて観た最後の一本だったけど、ほんとにいい映画だった！　今日もE.T.を連れてきたかったんだけど、太郎が怖がるだろうから」

「撮り直し、どこでやってるんですか？」私はわくわくして訊ねる。「僕も見に行けますかね？」

「ええもちろん、すぐそこよ、プリンスホテルの裏手。警備の人にあたしの名前出すといいわ、よろしく言っといてね」

　彼女はよちよち歩きの太郎の手を引いて、昼寝をさせようとカウチに連れていく。

「うーん、ほんとに可愛い」コジマがクークー言う。

　すると太郎が、赤ん坊っぽい、だが何かはっきり言葉になっている音を呟き返す。

　夏十が笑って口を覆う。「映画とまったく同じね。いますごく失礼なこと言ったの」

「いいわねえ！」コジマが嬉しそうに答える。ロシア人は無礼な真似が大好きなのだ。

　マスクをして、バケツ型の帽子のつばを上げてかぶって玄関に向かう私に、夏十がニヤッと笑って「うちの旦那もそっくりの帽子かぶってるわよ！」と呼びかける。

　この祝福の一言とともに、私はプリンスホテルまでほぼずっと走っていく。

　一九六四年には、オリンピック開催を目当てに大きなホテルがいくつか建てられたが、東京プリンスホテルもそのひとつである。裏の駐車場に幽霊の映画セットが出来上がっている。二〇二〇年のセットは、コンピュータ画像用の巨大な青いスクリーンがあり、その前に一九六四年の、ちらちらゆらめく観客たちが集まっているが、みな目下の現実を反映してマスクを着け二メートルの間隔を置いて座り、ごく質素なスタンドを満たしている。ほかの見物人たちも地上に用心深く散らばり、マスクをした『メリー・ポピンズ』のキャラクターたちから二メートルの距離を保ち、みんなが選手たちの到着を待っている。貴重なシーンを捉えるべく、無数のスマホカメラが構えに入っている。はるか頭上で大きなオリンピックの旗がはためき、五つの輪は交わるのではなくソーシャルディスタンスを保つようデザインし直されている。

黄色いテープを渡したバリアに立つ、ゆらめく警備員たちのところに私は駆けていく。二度やってみた末に、英語が話せる人間が見つかる。私は息も切れぎれに、ここへ来て市川さんにお会いするよう和田さんから勧められたんですと説明する。

警備員は蔑みもあらわに鼻を鳴らす。

「ああ、そうだろうとも」完全に馬鹿にした声。「いいかいあんた、あんたみたいな市川さんのファン、ゴマンといるんだよ、みんな帽子から何から真似て。さっさとあっちへ下がりな」

「いや、ちょっと待って」私はあわてふためき、あたりを見回す。全員私と同じバケツ型の帽子をかぶった男たちの群れが、目をすぼめてじいっと見ている。「僕はファンじゃないんだ、いやそのファンではあるわけだけど——そうじゃなくてその——」

「さっさと下がりな！」もう一度警備員は言う。

と、帽子をかぶった、あの黒ぶち眼鏡をかけた市川さんの幽霊っぽい姿が目に入る。一緒にいるのは、ふっくらした体の、口ひげを生やしたウォルト・ディズニーの幽霊。

私は二人に向かって声を張り上げるが、彼らは激論の真っ最中である。『メリー・ポピンズ』という言葉が何度も聞こえてくる。

「おいそこ、下がれ！」別の警備員が粗雑な英語でどなる。と、市川崑もディズニーも口をあんぐり開けて私のうしろをぽかんと見る。

私の背後から胴間声が上がる。人々は金切り声を上げ、散りぢりに逃げ出す。

私はさっと向き直る。ちらちらはためく、これまたバケツ型の帽子をかぶり大きなサングラスをかけた年配の日本人男性が、旅行者っぽいローマのトーガに身をくるみ、酔って荒れまくっている様子でよたよた私の方へやって来る――映画セットを目指しているのだ。男は市川崑の名を胴間声で叫び、巨大な、幽霊っぽい、偽の、剣闘士用剣を振りかざす。

「大変だ――黒澤だ！」私は唾を飛ばして口走る。「きっといまだに怒ってるんだな、六四年の『東京オリンピック』監督の話が自分から奪われて市川に行ったことを。あのトーガと物騒な剣はきっと、一九六〇年のローマ・オリンピックを視察に行ったときの土産の品だ」

私はあたりを狂おしく見回し、そばに転がっていたモップを摑む。剣呑《けんのん》に荒れ狂う偉大な監督に立ち向かうべく、緊急用武士の刀という趣で振りかざしたところで、黒澤が剣道を熱心に学んでいたことを私は思い出す。

だがもう後には引けない！

「心配要りません市川さんディズニーさん、僕がお護りします！」首から上だけうしろに回して私は上ずった声を上げる。

「いったい何やってるんですか、阿呆なガイジンさん！」背後で人々の声が上がる。

雨がざあざあ降ってくる。黒澤と私はたがいの周りをぐるぐる回る。私はそのあわただしさのなか、あなたの映画は素晴らしいと思いますと言いかけるが、黒澤は突如金切り声を発して私に襲いかかってくる。たがいに切りつけ、叩きつけあうなか、私はつい習慣から馬鹿みたいにソーシャルディスタンスを維持しようと努める。黒澤の幽霊っぽい剣闘士用剣が私の体をスパッと斬って通り抜け、私のモップも彼の幽霊っぽいトーガとその下でぱたぱたはためくシミだらけのサントリーウイスキーのTシャツにもろに切りつけて向こう側へ抜ける。

まる一分ばかり、ひどく疲れる一騎打ちがあたふた続いた末に、警備員たちの一隊がようやく勇気を奮い起こし、ゼイゼイ喘ぐ老いかけた映画監督の武器を奪い取る。彼らはさんざん詫び、ぺこぺこお辞儀しながらも、ブツブツ文句を言い壮麗に悪態をついている黒澤を雨のなかに放り出す。私も私で、マスクのなかから、詫びの言葉と、大きな賛嘆の念を、次第に小さくなっていくよたよた揺れる背中に向かって叫ぶ。と、警備員が私からモップをもぎ取り、あんたも失せろと命じる。

びしょびしょに濡れた姿で、私はアパートメントに戻る。部屋にはコジマ一人しかいない。糖菓が焦げた匂いがする。小さなキッチンはメチャクチャな有様だ。

「散々だったわよ!」私がタオルで体を拭き終えるとコジマは陽気に語る。「あの子が起きちゃって、自分も料理の仲間に入るってギャアギャア泣くから、仕方なく入れてやったの。そしたらあんの入った鉢はひっくり返すわ、またウンチしたいって言い出すわで、結局一からやり直すしかなくて、けどあたしも何かと落着かなくて何度もフライパン熱しすぎちゃって、何もかも焦げちゃったの。でも夏十は動画の出来をすごく喜んでたわ、これならぜったい票が集まって『自分で作っちゃえ!ファンクラブ』の開会日ショーケースに入れるって。それに河瀬直美もきっと感動してくれるって。で、太郎を連れてうちへ帰ったわよ、どこがうちだか知らないけどさ」

「でさ、僕の身に何があったか、聞いてもぜったい信じないだろうよ!」私は切り出す。

「うーん、まあでも美味しそうな匂いじゃない」と私は礼儀正しく呟きながら、試食に出された黒焦げのどら焼きを何とか呑み込もうとあがく。

あいにく、河瀬直美に敬意を表した夏十とコジマの動画は人目に触れずに終わる。『私は二歳』の権利を持っている映画会社から、駄々をこねる太郎の映像を使う許可が下りなかったのである。そして市川＝ディズニーによる『東京オリンピック』開会式の撮り直しも、二人の当事者のあいだの「芸術上の相違」ゆえに予想外の打ち切りとなった。

私のチャンバラ動画は十分な票が得られず、ショーケースには行きつかない。コジマの芸者動画はもう少し票が集まるが、やはりショーケースにはたどり着かない。

では、もっとも票を集めて、「自分で作っちゃえ！ファンクラブ」オープニングデー・イベントの目玉となるのは何の動画か？

私は仰天した顔でコジマを見る。「それがさ、床屋ってすごく愉快で陽気な連中なんですよ、みたいなしょうもない動画なんだ！」

その16　寅さんミニミニマラソン

真夏の東京。私たちはまだこの街にいる。

「暑くて蒸しむしする！」コジマがうめく。ロシア人なので、このうだるような天気はひどく堪えるのだ。

「これでオリンピックに最適の気候って言ってたんだぜ！」私はニヤッと笑う。皮肉を吐いても思いは苦い。私はため息をつく。「オリンピックも延期になって、気の毒に！　街の古い雰囲気はあちこちで台なしにされたし、費用も壊滅的だったけど、みんなすごく楽しみにしてたのに。それでいまは、あの一九六四年の東京オリンピックをやたらと懐かしがってるよね。まああのときはもっと賢明に、十月にやったわけだけど」

真夏はまた、お盆の季節でもある。祖先の幽霊たちが冥界から戻ってきて歓迎されるのだ。幸い危険レベルもある程度下がってきたので、今夜は慎重を期した上で、いろんなノスタルジーを絡めたお盆の催しに私たちはくり出す。頼もしき友人のジュンゾーから、かの渥美清の幽霊が、寅さんの故郷柴又に「オリンピック特別出現」すると聞かされたのだ。どの映画でも寅さんは、柴又に戻ってきては、いずれふたたびさすらいの旅に出る。

いつもは幽霊にさして興味のないコジマだが、少し変わってきたことを私はじき思い知ることになる。それにいまはお盆の季節、ここは幽霊しかない。

まだ暑い夕暮れどき、私たちは地下鉄の駅に向かう。

「もう耐えらんない！」コジマがマスクのなかからぼやく。早くも額に汗が浮かんでいる。「あたし、新しいクーリング・アプリ試してみる！」

「何だよ、クーリング・アプリって？」

と、彼女のスマホから、泡みたいな霧がブクブク出てくる。霧は身の毛もよだつ女の幽霊に変容する——長い白い着物、紐みたいなのびすぎた黒髪、そしておぞましく損なわれた顔。女はぞっとする叫び声を発する。

私は怯えて悲鳴を上げながらあたふたと後ずさる。コジマはスマホを握りしめて身をすくめる。恐ろしい幽霊はゆらゆら揺れて、金切り声を上げる。

「止《と》めろ、止めろ！」私は叫ぶ。

見るも恐ろしい霊は、やっと消えていく。

「新しいアプリなのよ、クール・ウィズ・オイワっていうの」コジマが喘ぎながら言う。「有名な怪談の主人公が出てきて、ゾッとするから涼しくなるはずなのよ。まさかこんな——」

「そんなもの、削除しろよ！」私は口から泡を吹く。「まったく、心臓が破裂しそうだよ！」

「わかった、わかったわよ！」

ジュンゾーは柴又駅の寅さん像の前で待っている。おなじみの中折れ帽、野暮ったいダブルの上着、草履姿の柴又のアイドル。草履の片方はみんなが幸運を祈ってさするものだから、すっかりてかてかだ。手にはボロボロの小さな行商用トランク。

郷愁を誘う古めかしい木造の小売店が並び、自転車が行き交う街並をジュンゾーに連れられて歩き出しながら、私たちはさっそくかき氷を買う。寅さんの親戚がここで団子屋をやっていたのだ。もちろんいまでは観光地化してしまったが、どこか温もりも残っている。前方には寅さんが産湯に浸かった帝釈天がそびえている。昔ながらの迎え火の代わりに、帰ってきた幽霊たちを提灯が迎える。

「寅さんは日本中を回っていたんです。ちょっとしたマラソンですよね」ジュンゾーが説明してくれる。「それで渥美さんの霊がお盆にここに帰ってきて、ミニミニマラソンを走るわけです。まあ気のいいジョークですね、日本が銅メダルをとったあの一九六四年オリンピックのマラソンを懐かしんで。この幟《のぼり》、どれも『ようこそ、寅さんミニミニマラソンに！　一九六四年に乾杯！』って書いてあるんですよ」

幟にはどれも、帽子の下でニコニコ笑う渥美清の四角い顔。

熱心で元気一杯の、だが用心を忘れないマスクに浴衣姿が並ぶ人波のなかを、私たちは寅さんの「実家」の団子屋へ向かう。名物の草団子と、ベトベトのみたらし団子が待っている。

「うーん、日が暮れてきましたね」しばらくしてジュンゾーが言う。「寅さん、今年は遅いなあ」

店の外で人々はあちこちをきょろきょろ見て、肩をすくめる。

「じゃあ何か別の団子試してみましょうよ！」フードライターのコジマが言う。ジュンゾーがカウンターにいる、寅さんの耐え忍ぶ妹さくらにそっくりの女の子にスケジュールの遅れについて問い合わせている。

「えー、もう一ダースは食ったぜ」と私。

「あたしのフードリサーチ、邪魔しないでよ！」コジマが鼻を鳴らす。そして私を睨む。

「誰もあんたに無理に――」

と、彼女のスマホから霧がもうもうと舞い上がる。幽霊お岩がふたたび現われる。身も凍る叫び声。

人々は悲鳴を上げ、逃げまどい、カウンターの女の子もあわてて身を隠す。

「いやあ、怖かったですねえ」やっと幽霊が消えていくとジュンゾーが言う。「僕の心臓、ガンガン鳴ってますよ！」

「アプリ、削除したんじゃなかったのかよ！」私はコジマを叱る。

「したわよ！」彼女もわめく。

私のスマホが鳴る。友人のローブラウカルチャー通の都築響一だ。「**浅草に来いよ渥美清いるぞ！**」

「浅草？」ジュンゾーが戸惑って言う。

新宿と渋谷に主役の座を奪われるまで、一九五〇年代、六〇年代は伝統的娯楽のメッカだった浅草。

「このへん、ストリップ劇場や演芸場がたくさんあったんですよね」とジュンゾーが言う。

私たちは消毒薬が撒かれたエレベータに乗って、今日では東洋館と呼ばれる演芸場ビルの上方の階へ向かう。

Tシャツ姿の気のいい仏陀という風情の響一に連れられて、私たちは小さなクラブに入っていく。煙たくて薄暗くて、内装はいかがわしく派手。「ここ、フランス座を特別に再現したんだよ、有名な古いストリップ劇場の」響一が講釈してくれる。「ここから出発した大物コメディアンけっこういるんだよ、ビートたけしとか。ほら、いまも舞台に」

小さな舞台の上に、偽のオリンピック表彰台が置いてある。ほぼ裸の若い女性が三人、ハワイアンギターがかろうじて聞こえる古いポップスに合わせて腰をくねらせている。偽のオリンピックメダルが乳首の前にぶら下がっている。

音楽がほとんど聞こえないのは、女の子たちの横で幽霊っぽいコメディアンが喋りまくり、騒ぎ立てているからだ。不思議なことに、その姿は内なる悪霊と闘っている者のように見える。だいぶ酔っ払っているみたいだ。

「あれっ、渥美清だ——寅さんだ！」私は素っ頓狂な声を上げる。

ただしその服装は寅さんのそれではなく、昔のチンピラの何とも安っぽい格好。白黒ストライプの角張ったスーツ、派手なアロハシャツ、白がやたらけばけばしいフェルト帽をてかてかの頭に斜《はす》にかぶっている。足にはツートンカラーの靴！

「うん、渥美の幽霊だよ」響一がくっくっと笑う。「ここでコメディアンとして出発したんだ。いま来たばっかりみたいだね。いつもいつも愛すべき寅さんでいるのはうんざりだって言ってるよ！　だからやたらわざと下品に、無礼にふるまってる。若かったころのチャチなチンピラに戻りたいのさ！」

「うーん、柴又の皆さんがっかりしますよねえ、来なかったら」ジュンゾーが声を上げる。

渥美清はいまや淫らに腰をくねらせている。向こうが見えそうで見えないメダルを着けたストリッパーたちの前で、ぶざまに腰を突き出し、引っ込める。

「あの人、可愛いじゃない！」コジマが言い、響一にもらった団扇で盛んに顔を扇ぐ。「ここ、暑いわねえ――ちょっと、何ストリッパーに見とれてんのよ？」突然私の方を向いて言う。

「見とれてなんかいないよ！」私は嘘をつく。

「壇の上に乗ってる綺麗な背の高い女の子、安藤永子の若いころの幽霊だよ」響一が私に耳打ちする。「ここでストリッパーやってたのが、『黒船』でジョン・ウェインと共演したんだ。ほらあそこにいる、見えるかい？」

何と、本当にいる――ジョン・ウェインの堂々たる幽霊が、観客の陰にひそんで……見とれている。私に見られているのに気づくと、舞台に向けて急いで投げキスを送り、顔を隠して、消える。

やがて、客席から生きた若い女性が何人か、マスク越しにどなり、邪魔だと言わんばかりに渥美清を手で追い払おうとする。

「最近じゃ若い女がストリップ見にくるんだよね」響一がニヤッと笑う。「みんなすごく好き嫌いはっきりしててさ！　年配の男の幽霊は落ち着かないよね」

声を上げて文句を言う女たちを、渥美清は露骨にあざける。うしろを向いて体を曲げ、彼女たちに向かって屁をこく真似をする。

幽霊っぽい年配の紳士が席から立ち上がり、何か叫ぶ。みんながそっちを向く。

「寅さんの科白だよ」響一が笑う。

「俺が芋食って、お前の尻から、プッと屁が出るか？」ジュンゾーが笑いながら訳してくれる。

私は思わず立ち上がる。「あいつ、知ってる！」私はあわてふためく。「あの床屋だ――消えた年配の床屋、僕に床屋の雑誌の『オヤジギャグの華』に原稿を依頼した床屋だ！」

「痛い！　足踏まないでよ！」コジマがわめいて、私を団扇で叩く。

「ごめん！　でもあの幽霊――」

コジマのスマホから霧が出て私の言葉をさえぎる。おぞましいお岩が飛び出す――そして泣き叫ぶ。

悲鳴が上がり、みんな逃げ出そうとして場内は修羅場と化す。

私は押したり突いたり、やっと見つけた床屋のところに行こうとあがく。だが相手はもうそこにいない。大騒動のなか、どこにも見あたらない。

またも消えた……。

私は首を振りふり席に戻っていく。驚いたことに、渥美清が舞台から降りてきていて、ジュンゾーに通訳してもらってコジマと話し込んでいる。

「ねえこの可愛い扇風機、キヨシさんにもらったのよ」コジマが私に言う。縁日などで売っているたぐいの、安物の電池式扇風機で顔を冷やしている。

私が現われて渥美清は残念そうだ。ジュンゾーに何か訊く。

「あなたとコジマさんは、その、一緒なのかって訊いてます」ジュンゾーが通訳する。

私の答えを聞いて、渥美清はひどくがっかりする。

「寅さんらしいなあ――いつも失恋！」ジュンゾーが優しい声で呟く。マスク越しにため息を漏らす。「柴又の人たち、気の毒に――渥美さんに会いたいのに！」

こう言われて、渥美清はますますみじめな顔になる。「柴又！」酔いの悲しみに包まれて彼は叫ぶ。

「ねえ、ほんとに行った方がいいわよ」コジマがその肩を叩きながら言う。「行ったら気分も晴れるわよ。お盆だもの！」


提灯のともる柴又に私たちは戻っていく（響一はリサーチがあるので浅草に残る）。渥美清は辛抱強く待っていたファンの群れに手を振るが、人々の返す喝采には迷いが混じっている。見慣れない服装に戸惑っているのだ。

「寅さん！　寅さん！」と渥美清は自分で叫び、うなずいて己の胸を叩く。募る思いに頬が濡れている。

群衆はいっせいに歓喜の声を上げ、「寅さんミニミニマラソン！」の旗を振る。

ストライプの上着とアロハシャツの上にゼッケンを付けてもらいながら、渥美清は差し出された団子を頰張る。ゼッケンには彼の愛らしい笑顔が描かれ、「一九六四年に乾杯！」とスローガンが入っている。やがて彼は、偽のスタートラインに立つ。服はチンピラ上着、白いフェルト帽、けばけばしいヤクザ志願ファッションのまま。

「位置について《レディ》！」と彼は英語で叫ぶ。

帝釈天の周りの道を走って戻ってくるのだ。要するに絶好の撮影タイム。

どこからともなく、幽霊のような姿が飛び出してきて、寅さんと並んでスタートラインに立つ。観衆が息を呑む。往年のランナー服を着た日本人の若者だ。白地に斜めのストライプが二本、小さな日の丸のかたわらに入っていて、下は短パン。番号は77。

「おいあれ、六四年に三位になったマラソン選手じゃないか？」と私は問う。

「そうです、円谷幸吉です！」ジュンゾーが叫ぶ。「二位になれなかったことが元で命を断った——そして寅さんよりも大きな傷心を抱えていたために！」

渥美清はギョッとして、目を見開く。それから、本気を出してスタートの構えに入るが、やがてまた体を起こす。目に涙を浮かべて、円谷を抱きしめる。

「そうだよ、男はつらいよ！」と彼は叫ぶ。

円谷も涙ぐんで抱きかえす。群衆もやはり涙ぐんで喝采を送る。

と、渥美清が身を振りほどき、若きマラソン選手の幽霊を、そして私たちみんなを導いて、一緒に悦ばしい盆踊りをはじめる——歌は「炭坑節」。円谷と二人で、シャベルで石炭をすくう身振り。それから、寅さんが叩き売りで使う、バンバンと台を叩くしぐさ。

「四角四面は豆腐屋の娘、色は白いが水くさい！」と二人は無茶苦茶な胴間声を愉快げに合わせて寅さんの科白を叫ぶ（ジュンゾーが訳してくれる）。

二人は踊って進み、私たちもあとに続き、そばの江戸川の土手まで降りていく。ちらちらゆらめく漕ぎ手が乗った幽霊っぽいボートが待っている。チンピラ服の渥美清と、短パンの円谷幸吉が乗り込み、彼らが手を振るなか、ボートはゆっくり暗い川を渡ってあの世へ戻っていく。私たちの周りの人々が、帰る者の行く手を照らすべく灯籠を川に流し、それらがさながら大きな蛍のようにひょこひょこ揺れる。もっと明るい蛍のように、無数のスマートフォンが岸辺で点滅する。

「バター！」と渥美清の声がカメラの方に届く。

「チーズ！」と群衆が正しく返す。

二人の訪問者が灯籠の光の向こうにとうとう見えなくなるまで、みんな手を振っている。

やがて私たちはゆっくり向きあい、マスク越しに笑顔を交わす。

それを合図に、コジマのスマホが霧を吐き出す。柴又の人々に恐怖の絶叫を上げさせるのが何者かは言うまでもあるまい。

その17　狐と探偵

「うーん、なんかだるくて眠いなあ」。私はあくびをする。

「誰に言われたのよ、ランチタイムにあんなにビールがぶ飲みしろって?」コジマが叱る。

「昨日の夜だって飲み過ぎたのに。それに照り焼き、いくつ食べたのよ?」

何週間もの自粛を経て、私たちは用心深くリサーチを再開し、消費のワンダーランド、新宿タイムズスクエアのレストランズ・パークに行ってきたところである。目下、警戒怠らず新宿御苑を歩き、大きな丸い茂みが並ぶ日本庭園を抜けていこうとしている。

「それと、ゲップやめてよね」コジマが言う。

こういう気分で、私たちはイギリス庭園の広々とした芝生を横切り、木々にたどり着くと私はどさっと倒れ込む。

「眠らないでよ!」コジマが訴える。

「ちょっとひと眠り……ほんの少し……」私はマスクをしたまま朦朧と呟く。目を閉じて、微笑んでいる。「ほんのちょっ……」

突然、怯えたような吠え声が響きわたる。私はあわてて起き上がり、面喰らってあたりを見回す。一匹の犬が、木の周りをぐるぐる必死に回っている。クロースアップのようにその半狂乱の目と、パタパタ揺れる舌が見える。だがそれは犬ではない。狐だ。黄褐色がかった赤の毛皮、流れるようにうしろにのびたふさふさの尻尾。

半ズボン姿の、間抜けな一人の観光客が、プラスチックの日本刀で狐にちょっかいを出して喜んでいる。

私は観光客をどなりつけ、よたよたと立ち上がる。コジマはどこだ？　私は飛んでいく。観光客は手を止めて、ギャアギャアわめいている私の方を向く。私はげんこつを振り回す。狐は木々のなかへ逃げていく。私はなおもわめき、木の根につまずいて、ぶざまにばったり倒れる。

私は横たわってうめいている。

「ああ、愛しいあなた、大丈夫？」

コジマが手を貸してくれて私は起き上がる。

「膝が」私は呟いて、ズボンの裾をまくり上げる。コジマは新しい大きなハンドバッグの底から小さな瓶を取り出し、打撲した関節にスプレーしてくれる。

私はあんぐり口を開けて彼女を見る。夕方近くの映画のような光のなか、彼女はうっとりするほど魅力的に——そして、新しく——見える。

「君の髪？」私は口走る。いまやその髪は艶やかな金色がかった赤で、前髪は短く切りそろえられ、両側は長く垂れている。

「気に入った？」彼女は声を上げて笑い、灰色の目がきらめく。「あなたがうとうとしてるあいだにちょっと染めに行って、『プリンセス』スタイルに切ってきたのよ。買い物もしたわ」。ハンドバッグをぽんぽん叩く。

「僕、そんなに長いこと寝てたの？」

「そうよぉ、お寝坊さん！」彼女はクスクス笑う——最後はコケティッシュな甲高い笑い。

「さあ、ここから出ましょ」

ああ、なんて美しいのか！

公園の出口にたどり着くとともに、哀れな怯えた狐と、刀を振り回す馬鹿な観光客相手の冒険譚を私は語り終える。「もしあそこで転ばなかったら、きっと——」

「その言葉、言っちゃ駄目！」コジマが叫び、身をよじらせて飛びのく。

私は戸惑って目をパチクリさせる。「どの言葉？」

「いま最初に言ったやつ！」

「い、い、もし？」

「やめてよ、やめてったら！」彼女は両耳を覆って縮こまる。

「わかった、わかったよ！」私はすっかり面喰らって彼女を見る。どうしてこういつも妙なことを言うのか。それにさっきから、言い方も妙に派手派手しい。けれどこの午後、彼女はなんと魅力的なことか。

奮発してタクシーで帰ろうと彼女は言いはる。また陽気になって、あたしおごるから！と。

タクシーが停まって初めて、コジマがマスクをしていないことに私は気づく。私に言われて、彼女はしぶしぶマスクを着ける。

我々はたちまちアパートメントに帰りつく。「宴」のために仕入れた「ご馳走」を彼女は陽気に広げる。山のような稲荷寿司、酒が何本も——どれも一升瓶だ。「うぃー！」彼女は叫ぶ。

「あわわ」私が仰天して見とれる前で、彼女は一本の蓋を開け、大きく傾けてぐいぐいラッパ飲みする。それから稲荷寿司を次々頬張り出す。一日出かけただけなのに、ずいぶん変わった気がする！「もし僕が昨日飲み過ぎたとしても、君は——」

彼女は縮み上がる。「その言葉は言わないで！」稲荷を頬張ったまま彼女はうなる。

「わかったよ、ごめん、ごめん！」

私は彼女が飲み食いを再開するのを見守る。苦笑いしながら、首を横に振る。なんとも訳のわからない、素敵な変わり者。とにかくほんとに可愛い……。

「ほらほら、そんな辛気くさい顔しないで」彼女は私を叱り、ふたたび陽気になって二本目に手をのばす。「あなたも酒盛りに入んなさいよ！」

彼女はウインクする。

ベッドで彼女は私に鼻をすりつけてキスをし——そして酔いに屈して眠りに落ちる。私は彼女の上にかがみ込み、ほれぼれと見とれる。私の目がふと、彼女の腰のあたりに降りていく——そして突然大きく開く。私はぎょっとする。愕然としている。

「……ねえ、落ち着いてくださいよ」

いまは翌朝、私は編集者と一緒に、コーヒーショップのアウトドアテーブルに座っている。

昨夜、コジマがすやすや寝息を立てているあいだに、私は彼に狂おしいメールを送ったのだ。

「狐の尻尾ですか」編集者はふたたび言う。

「うん、だと思うんだ。狐なら尻尾があるあたりに」。私は頭を抱えている。

「で、夢じゃないっていう確信はあるんですね？　いまも夢を見てはいないと？」

　私は腕を差し出し、自分でつねったところを見せる。

「そうですねえ」編集者はのろのろと言う。「まあ有名な歌舞伎をちょっと思わせますけどね、狐の霊が、猟師から助けてくれた男のために、美しい女に変わるっていう。最近、歌舞伎見ませんでした？」

「いいや。でも歌舞伎座の前で自撮りはやった。ふざけて歌舞伎のポーズとって」。私はおずおずと笑う。

　それはいけませんねえ、と相手は言う。「でも歌舞伎のは白狐の霊で、とても善意の霊です。あなたのは赤っぽいわけですよね――悪戯な狐の霊ですね。うーん、あなたが不案内なガイジンだから何もかもごっちゃになってるのかな」

「で、助けてもらえるのかい？」私はすがるように言う。「どうしたらいいだろう？　僕、彼女のこと本当に愛してるんだ！」

　編集者はため息をつく。「まあ私も、あなたが床屋組合のニュースレターとかに書いてらっしゃる変なオヤジギャグばなしのおかげで、幽霊とも何人か知り合いになりましたから……石坂浩二という年配の俳優がおりまして、誰もが知る私立探偵、金田一耕助を演じました。まだ生きてますけど、若かったころのあの人の幽霊なら私知ってます、いまも役の稽古続けてるみたいですよ」

「その幽霊、狐の霊に詳しいの？」

「グーグルで調べられますよ。メールしてみます、だいたいいつも大田区のあたりにいるんです」

「大田区？　それって僕の翻訳者が住んでるところじゃないか！」

編集者は肩をすくめる。「大田区、広いですから」

私はアパートメントに立ち寄る。

「ねえ、鏡みんな、どうしたの？」私は叫ぶ。

「鏡なんて要らないわよ、みんな捨てたわ」カウチの上で酔っ払ったコジマが、稲荷寿司を頬張りながら甘い声で言う。「あたしたち、おたがいの瞳のなかに自分を見られるじゃない！」

「鏡を捨てたわけですね」俳優、石坂浩二の幽霊がうなずく。「尻尾を映したくないんですね。型どおりです」

私たちは大田区の、とある住宅街に建つ、とりとめもなく広がった家のなかにいる。「で、きっと、稲荷寿司が大好きで、酒をたくさん飲むんですよね。古めかしい、派手派手しい喋り方をして、『もし』という言葉を嫌う」

「どうしてわかったんです!?」

石坂浩二は謙虚に肩をすくめる。「グーグルです。そうして、あなたの金を遣って、いろいろ悪さをしている」

私はごくんと唾を呑む。「はい。二人のためと称して『ご馳走』を買い込んだのも、タクシー代もなぜか僕のクレジットカードにチャージされたし」

石坂はうなずく。三十代半ばの幽霊で、英語が話せて（彼が演じる探偵、金田一はアメリカに行ったことがあるのだ）、みすぼらしい、ハンサムな、ぼんやり上の空のインテリといった風情である。金田一探偵の衣裳なのだろう、泥みたいな色の着物を着て、へなへなの日よけ帽をかぶっている。折しもいまそれを脱いで、ぼさぼさの髪をぼりぼりと掻く。テーブルの上にフケが降り注ぐ。

私は身もだえする。「帽子、かぶっていてくれませんか？」私は口走る。

「あ、はい、すいません！」と彼は言って、かぶり直す。

私はもう一度唾を呑む。「ねえあなた、来世で床屋、知ってたりしません？」私は出し抜けに訊く。

「私、床屋を知ってるように見えます？」彼はニヤッと笑う。

私はうなり声を漏らす。あたりを見回す。ここにいると、どうも妙に見慣れた感じがしてくる。「あれっ、その人形」私は目を丸くして言う。「僕の翻訳者も自宅の本棚に、それとまったく同じ大きなピノキオ人形、吊してるんですよ」

石坂＝金田一は肩をすくめる。「偶然じゃないですか？　それにここ、私の家じゃありませんし。留守番、頼まれてるだけですから」。彼は目を細くしてじっと私を見る。「あなたほんとに、夢見てるんじゃありませんか？」

私は彼に腕を見せる。

彼は帽子をかぶった頭をぼりぼり掻く。「わかりました。ふむ……これはもしかすると、憑きものかもしれません。狐の霊が、あなたのガールフレンドに取り憑いたんです。彼女、こぶが出来てたりしません？」

「こぶ？」

「取り憑きが起きた場所なんです。それを追い出さないといけない。でなければ、叩くか、燃やすか」

「あなた、頭どうかしてませんか？」私は声を荒げる。

「わかりましたよ。ではですね、私の友人に高峰三枝子という素晴らしい女優がいまして、一九七六年の金田一映画『犬神家の一族』で暴力的な殺人者を演じたんです。彼女なら、植木ばさみでこぶを刺すか、斧で叩き切るかしてくれますよ」

「僕の愛しいコジマに？」私は叫ぶ。

「わかった、わかりましたよ！」。彼はため息をつく。それから、ぱちんと指を鳴らす。「狐の霊には、星の球《たま》というのがあるんです、大きな玉虫色の真珠みたいな。その球に力がこもってるんです。そいつを奪いとらないと。そういう球、彼女ならどこに入れますかね？」

「そうですね、そういえば新しい大きなハンドバッグを……」

私たちは彼がアパートメントに来るよう手配し、彼が何かご馳走でコジマの気を惹いている隙に私がハンドバッグのなかを覗くという作戦を立てる。

「ご馳走の代金、あとで払いますから」ここはちゃんと言っておかねばと思った。「まあもちろん、大した額は出せませんが」

石坂は大きくニッと笑う。「よかった、払っていただければと思ってたんです」

数時間後、私たちはアパートメントの外で落ちあう。

私は仰天して目を丸くする。石坂は同じ格好をしているが、いまや六十代なのだ！

「『犬神家の一族』二〇〇六年リメークの金田一の姿です」彼は説明する。「この方が貫禄がありますから」

私たちはエレベータで上がっていく。

「さっき話した編集者の人を連れてきたよ」私はコジマに告げる。彼女は依然カウチに、絹の着物姿で寝そべり、新たな酒瓶を抱えている。心もとろけるトルコの側妻《オダリスク》。私の声は震えている。

「あ、あんたのこと知ってる！」彼女は石坂を見て声を上げる。「あんた、有名よね！」

私の胃がどさっと落ちる。石坂は気をよくしたようにニッコリ笑う。

「あんた、あの言語学者でしょ！」

俳優はめげずにクスクス笑おうとする。「それって別の映画で、あるご婦人が金——」

「君のこと、フードライターだって言ってあるんだよ！」彼が金田一の名前を言ってしまう前に私は口をはさむ。「君にとびきりのお土産を持ってきてくれたよ」

石坂はおずおずと微笑む。帽子を脱いで、白髪をぼりぼり掻く。フケが舞う。

「おろしたココナツ？」コジマが言う。

「いえ——すいません！」。持ってきた買い物袋を彼は持ち上げる。「おはぎです！」

コジマがさっと身を起こす。喜びが頬を暖かく照らし、目も煌々と輝く。私はほとんど計略も忘れ、恍惚に包まれて彼女に見とれる。

が、彼女がご馳走に飛びかかるとともに、私はこっそり寝室に行き、ドアを閉めて、ベッドの下に押し込まれた彼女のハンドバッグのなかを漁る。つぶれた食べ物がどっさり入ったなかに、あった！　美しい、真珠のような、小さな虹色の球。私は寄り目になって見入る。

寝室のドアがばん！と開く。

「それ、あたしのよ！」コジマがわめき、あんこが口から吹き飛ぶ。

私は両手で星の球をぎゅっと握りしめる。

彼女はすごい形相で私に向かって飛んでくる――それから突然、さも哀れっぽく両手を揉みしぼる。「私のよ」と哀れっぽく言う。「ああ、お願い、どうかお願い、返して！」

と、石坂が猛烈にタックルを仕掛け、彼女はパッと飛び上がる。

「つかまえた！」石坂がわめく。

絹の着物がめくれ上がる――尻尾がショッキングにあらわになる。

七つの、ぽっちゃりした、狐の尻尾。

コジマの代わりに、ばたばた暴れてタックルを逃れたのは美しい赤い狐の霊であり、そいつが後ろ足でまっすぐ立つ。七つの尻尾が、腰に羽毛の襟巻を巻いたみたいに体に巻きつく。

「コジマはどこだ？」私は唾を飛ばして訊く。

「私が本当のコジマよ」狐の霊が言いはなつ。「尻尾をすっかり見られてしまったからには、あなたに別れを告げないといけません」。彼女はさっと星の球を私から奪いとる。

「待って――君がいままでずっと、僕の可愛いコジマ、わが生涯最愛の人だったの？」私は情けない声を上げる。「何十年も、ずっと？」

「一本の尻尾が狐の霊にとっては百年です」石坂が言う。「この狐、年寄りなんですよ！」

「とても悲しいけれど、こうなるしかないのよ」狐の霊は言いはなち、目は潤んでいても気丈そうだ。「私はもう、元のすみかに戻らないといけません」

「しかしそれは白狐の霊にしかあてはまらないはずだ」金田一探偵の俳優が言う。「君は赤狐の霊じゃないか」

「そんなのわかんないわよ、ややこしくて」狐はずる賢く答える。

「でも行ってしまうなんて、駄目だよ！」私は叫ぶ。「君は僕のコジマのエッセンスそのものじゃないか、本当に可愛くてお姫さまみたいで気まぐれでわがままで。君がいなくなったら僕の心は破れてしまう！」

「恋しくば　尋ね来てみよ」と答えが歌で返ってくる。「和泉なる　信太の森の　うらみ葛の葉」

「有名な歌舞伎の一節ですね」石坂がうわずった声で解説する。一滴の涙を彼は拭う。「私、別れは苦手なんだ」と呟く。

するとと狐の霊は、私のコジマは、くるっと身を翻して、ふさふさした鳶色の虹のようにドアの外へ飛び出し、いなくなる。

私は悲痛な叫びを上げる。

「列車に乗ればいいですよ」涙声で石坂が言う。

＊

列車に乗って、私は大阪の南まで出かけていく。

私は木々のあいだに飛び込んでいく。と、私は立ちすくみ、「これって新宿御苑そっくりじゃないか」と戸惑って呟く。呆然とあたりを見回す。葛の葉が茂ってさらさら音を立てるなかに、彼女の黄褐色がかった赤い姿と、流れるような尻尾が見える。彼女が私を目にとめる。私の方に跳ねてくる。

「ああ、あたしのダーリン！」

「僕のダーリン、ダーリン！」

突然彼女はぴたっと止まる。そしてうしろ足でぬっと立ち上がり……そして笑う。そして変わる……ちらちら揺れる老いた男に。

二重の恐怖に、私は打ち震える。

「床屋？」私は唾を飛ばして言う。「『オヤジギャグの華』に載せる物語を僕に依頼した幽霊床屋か？」

私の肩が乱暴に揺さぶられる。

私の目がパッと開く。マスクをしたコジマが私を見下ろしている。

いつもの見慣れた、愛しいコジマ。

「起きなさいよ、あんた霧笛みたいにいびきかいてるわよ！」

私は息を呑む。呆然と周りを見る。午後なかばの新宿御苑。

「ほら、レモンシャーベット買ってきたわよ、これ食べればしゃきっとするわよ」。彼女はカップを地面に置いてくれる。

「なんか——すごい——夢を見たよ——」息も切れぎれに私は言う。

「言わないでよ、夢ってすごく退屈だもの」彼女は言う。「溶けちゃわないうちにさっさと食べなさいよ。ねえ、なんでそんな目であたしを見るのよ？」

その18　EDOアプリ

東京——博物館の街！

「江戸東京博物館に行きましょうよ！」コジマが言う。「博物館なんてもうずいぶん行ってないし、ジュンゾーがいまメールくれたのよ、『スペシャル新機軸』だって！」

地下鉄の両国駅から出てきた私たちは、通りでしばし歩みを止め、博物館の巨大で不格好な、てっぺんが突き出した姿を眺める。

「『代謝建築論』の大家、菊竹清訓《きくたけきよのり》の主要作品だってことは知ってるし」私は言う。「これが伝統的な蔵の形を想起させるものだってこともわかってる。でもこうやって前から見ると——」

「なんか、不細工な宇宙ステーションみたいよね」コジマが言う。

「じゃなきゃ、巨大なロボットのブルドッグとか」。私はくっくっと笑う。「代謝論者《メタボリスト》っていうより、メカボリストっていう感じ」

ジュンゾーは館内の切符売り場の横で待っている。マスクの上には派手な黄色いパナマ帽。周りの、みんなマスクをした人の群れは小ぶりで声も小さく、感染症対策に関する掲示がそこらじゅうにあるなかで用心深くふるまっている。私たちも建物を半分上がった、巨大な張り出しの下のオープンテラスまでのぼっていき、そこから、透明な天蓋がついたエスカレーター（まさに宇宙ステーションに相応しい？）に安全な距離を保って乗り、常設展示室に行く。

見えてきた――実物大の、木で出来た、十九世紀前半の江戸にあった日本橋の北半分のレプリカ。二十一世紀の来場者たちは静かに大人しく橋を渡っていく。あるいは立ち止まって、下をぱらぱら通っていくほかの来場者たちの姿をインスタグラムに撮る。コジマと私は意味ありげにうなずき合う。まさにすべての道が日本橋に通じている気がした、私たち自身の不気味な冒険を思い出しているのだ。

「さあ、遅れますよ」ジュンゾーが促す。謎めいたクスクス笑いを漏らしながら。

ジュンゾーはいそいそと下の階へ降りていき、私たちを率いて、さまざまな展示を縫うように抜け、両国橋の見事な模型の前に出る。木の構脚《こうきゃく》に支えられた一八三〇年の橋が模され、ごく小さな、精密に再現された江戸の町民たちが橋の上、にぎやかな川べり、偽隅田川に浮かぶミニチュアの船の中にひしめいている（今日《こんにち》の本物の両国橋も、博物館のそばの本物の隅田川の上に掛かっている）。

風景に惚れぼれと見入っている私たちを残して、ジュンゾーはマスクをした警備員のところへ行く。そして私たちを指し示す。警備員から聞いた情報を親指でスマホに入力している。

ジュンゾーが戻ってくる。

「オーケー！」彼は宣言する。「『スペシャル新機軸』！　最新のスーパーEDOアプリ、これを使えば、小さくなって模型のミニチュアの人たちの中に交じれるんです！」

コジマと私は目をパチクリさせてジュンゾーを見る。得意満面、ジュンゾーはくっくっと笑う。

「いまコジマに英語版のアプリを送りました。お二人とも使えます。まだ試用段階なんで、ちょっとバグがあるかもしれませんけど」

「これ日本語よ!」コジマが画面を見ながら言う。

「あ、そうですか。じゃ赤いボタンをタップしてください」ジュンゾーが覗き込みながら言う。「元に戻すのは緑のボタンです」

「これでいい?」

突然の突風に、私の体が激しく揺られる。

コジマと私は一緒によろめく。それから息を呑む。そして口をあんぐり開ける。

私たちは模型の両国橋の上にいるのだ! 周りにひしめく、着物を着た凍りついた人たちと同じミニチュアサイズ! 青、茶、灰、橙、あらゆる色合いの着物。男たちの頭は半分剃られ、てっぺんはちょんまげが結ってある。贅を凝らした衣裳を着た女たちは胸元で扇を握りしめている。下層の娘が、桶を通した天秤棒を難儀そうに背負い、かたわらには袋をいくつも負わされた馬がいる。

でもジュンゾーはどこだ?

私たちは呆然とあたりを見回し、それから上を見る。と、模型を囲む巨大な手すりの向こう、巨大な黄色いパナマ帽のつばがはるか高くに見える。巨大な手が巨大なスマホを親指で操作している。

コジマのスマホが鳴る。「アプリの調子がおかしいんだって。あとから追いつくから先に行ってくれって。西側の屋台に食べ物があるって」

ごくんと唾を呑んで、二十一世紀の衣服に身を包んだ私たちは橋の上を歩き出す。そばで見ると、江戸人たちのミニチュアは不気味なほどリアルで、まさに職人芸の粋だ。まるで、ぴたっと静止した活人画のよう。そのうち何人かが、ごくわずかに動いていることを私は悟る。侍が二人ばかり、鞘に収めた刀の柄をきゅっきゅっと動かす。美しい、白粉《おしろい》を塗ったご婦人方が傘をほんのちょっと回す。

「一番美味しい寿司、どこかしら？」コジマが口に出す。

「一番美味しい寿司《ベスト・スシ》、橋のすぐ左《ジャスト・レフト・サイド・オヴ・ブリッジ》！」とんがり麦わら帽をかぶった中年男が言う。

私たちはまた息を呑む。「あなた、英語喋るの？」コジマが叫ぶ。「一八三〇年の江戸で？」

「違うよ、俺たちみんな一九九〇年代前半から来たんだ、博物館がオープンしたときに！」。男の唇がほんの少しだけ動いている。「俺たち、無知蒙昧じゃないんだぜ。あっちにいる大きな連中にはそれがわからんのだけど」

「よう、九二年のあと、『ゴジラ vs モスラ』の続篇作った？」赤ん坊をおんぶした若い男が甲高い声を上げる。

「我らがヤクルトスワローズ、調子どう？」籠をどっさり背負って腰も曲がった皺だらけの野球マニアが聞く。「野村《ノム》さん、ボヤキの野村、史上最高の監督！」

すみません、何も知らないんです、と私は詫びて、コジマとともに手を振って橋の向こうへ向かう。寿司の屋台が見つかる。寿司は江戸前で、ロールパンみたいに大きい。「やったー！」コジマは言って、マスクを下げ――ここでは口を覆う必要もない！――炙り穴子の寿司を選ぶ。

「ぎゃっ！」私たちは一口嚙んで悲鳴を上げる。

「どうかした？」寿司屋が凄む。

「これ、ほんとの食べ物じゃないじゃない！」

「当たり前《めえ》だろ、精密に作った歴史的レプリカよ！　ここにあるもの、みんなそうだよ！」

「あたし、歯が一本欠けちゃったみたい」二人でプリプリ怒って立ち去りながらコジマが小声で言う。「ジュンゾーはどこ？　なんで言ってくれなかったのよ？　もうこんなのやめたい」。一気に機嫌が悪くなって、彼女はEDOアプリの緑のボタンを、私に相談もせず乱暴にタップして、小さくなった体を元に戻そうとする。が、うまく行かない。「何よこのアホなアプリ！」。コジマはあたりを見回す。「でもちょっと待って、あそこに呉服屋がある！あたし見たい！」

YouTubeで溝口の『雨月物語』を見たばかりなので、あの映画でご婦人方が着物を惚れぼれと眺める場面を私は思い出すが、コジマはさっさと店に飛んでいき、壮麗に並んだ色とりどりの絹に感嘆の声を漏らす。ただ困ったことに、コジマの買い物というのは、いろんな物をひっつかんでは床に投げ捨てる、というスタイルをとるのである。店のあるじの愛想笑いが見るみるこわばっていく。

私自身は、小さな木版画の店に行き、提灯の向こうに見える浮世絵美人、いかつい顔の歌舞伎役者、月光の降り注ぐ用水路などを嬉々として眺める。

「軽い読み物とか、いかがです？」店の親爺の、分厚い眼鏡をかけた年配の紳士が言って、何冊も並んだ、絵入りの薄い本の列を指す。枯れかけた花束の向こうからウィンクしている太ったおっさんを描いた表紙を見て私は笑う。

「『オヤジギャグの華』」親爺が鼻を鳴らす。「阿呆な本です。それより、よかったら――」

「床屋の文芸誌か⁉」

「だと思いますけど」

私の目が飛び出す。私は乱暴にページを繰る。「ひどい印刷だ、何もかもぼやけてる！」

私は口から泡を吹く。「これ、誰から仕入れたんだ、そいつどんな顔してた？ 幽霊だった？」

親爺は肩をすくめる。眼鏡かけてなかったんでね、と親爺は言う。

「思い出してくれよ！ 頼むから思い出してくれ！」

私は危うく親爺の胸ぐらを摑みそうになる。

「すみません《イクスキューズ・ミー》！」

私はあたりを見回す。垢抜けた現代のワイシャツを着て、花柄のネクタイをした男が、エレガントな眼鏡の奥の目をすぼめて私を見ている。動揺している様子。

男はちらちら、幽霊ふうに揺れる。

「英語話しますか《スピーク・イングリッシュ》、いい《イエス》？」男は訊く。「助けてもらえますか《キャン・ユー・ヘルプ・ミー》？」

私は目を白黒させる。「あなたは――あなた、菊竹清訓ですね！ 代謝建築論の。いやーこの建物、ほんとに素晴らしいですねえ」と私は嘘をつく。

相手は私のお世辞を無視する。「このバグだらけのEDOアプリ、うまく使えないんだ」と彼は言って自分のスマホを見せる。「これ英語版で、私は縮んだんだが、一緒に来るはずのアメリカ人ジャーナリストは縮まないんだ。待てよ、あんたもジャーナリストか？」

「まあそんなようなもので。作家です。ニューヨークから来ました」

「結構！　じゃあ代わりにあんたに来てもらって、私の新しいプロジェクトを見てもらおう！」

かくして菊竹清訓は、『オヤジギャグの華』を抱えた私を引っぱっていき、木版画店の親爺はいい厄介払いだとばかりに手をはたく。私たちは橋の下の偽隅田川に小舟がひしめくあたりに降りていく。小さな、舳先《へさき》が鳥の嘴《くちばし》みたいな形をした舟に菊竹清訓は私を乗り込ませ、自分は艫《とも》に乗って櫂《かい》を手に取る。

「私の新しい、東京湾沖海上都市化プロジェクトの縮小模型だよ」菊竹清訓は言う。「気をつけなよ、揺れるから」

「だってこれ本物の川じゃないじゃありませんか」私は指摘する。「偽物ですよ」

「私が作ったアクア・アプリでそれもみんな変わるんだよ！」菊竹清訓は叫ぶ。

そして彼はスマホを親指で操作し、それから櫂を操る。私たちは凍りついた舟の群れのあいだを滑るように抜けていく。私はごくんと唾を呑む。大事な「軽い読み物」が濡れないようシャツの中に押し込み、大急ぎでコジマにメールして様子を知らせる。

私たちは一隻の、紅の提灯が木立のように並んで夜を照らしている舟とすれ違う。

その18 EDOアプリ

「海……！」偉大なる代謝建築論者は唱える。「海はずっと待っていたのだ、人類に真の幸福を約束する新しい発見を！」

その一言とともに、濃い霧が私たちをくるむ。私たちの小舟は静かな、油のような水の上を、重い沈黙に包まれて進んでいく。

「うーん」私はまたもごくんと唾を呑みながらささやく。「これってまるで『雨月』の、湖の上の妖しい場面みたいだ……」

突然、霧の中から低いうめき声が聞こえる。私は目を凝らす。髪が逆立つ。櫂もない小舟が、前方の煙霧の中から現われる。乗っている二人は力なく横たわり、うめき声を上げている。

「私たち、カナダ人なんです。カナダ大使館に電話してください！」女の方がすれ違いざまに哀れな声を上げる。

「もう三日も流されてるんだ！」男がしわがれ声を出す。「バグだらけのアプリが！　助けてくれ！」

彼らの小舟が急にぐいっと、もぎ取られたみたいに霧の中に呑み込まれていく。

私はぞっとした思いで眺める。「なんて恐ろしい前兆だ」私は息を呑む。「まるっきり『雨月』みたいだ。僕たち、戻らないと。戻らないと！」私は叫ぶ。

菊竹は抗う。私も言いはる。

「ボロのアプリが」菊竹がブツブツ呟きながら、もと来た方向に舟を戻す。「なぁにが『雨月』だ！」

＊

「何があったか、君ぜったい信じないよ！」呉服店の外にいたコジマに私は言う。

「どこ行ってたのよ？」コジマは顔も声も不機嫌だ。

「僕のメール読まなかった？」

「読んでない。とにかくそんな話あとにしてよ、呉服店の人、すごく感じ悪かったのよ。さっさとここから出たい。ジュンゾーったら、いったいどこ行っちゃったのよ。消えちゃったじゃない」

「建築家の菊竹清訓だったんだよ」コジマがスマホに乱暴に打ち込むのをよそに、私はべらべら喋る。「僕、約束させられたんだぜ、帰ったら――」

私の体が激しく揺れる。私はよろよろコジマの方に倒れ込む。

私たちは口をあんぐり開ける。ここは違う情景だ。

だが依然ミニチュアではある。

奇怪な、太い縄の束から成る、とてつもなく大きい滝が私たちの頭上にそびえ、それが巨大な丼の中へ落下している。

「これ、江戸東京博物館じゃないわ」コジマが叫ぶ。「横浜のラーメン博物館よ！　見覚えがある」

「やれやれ、さっさと出ようぜ」

「ううん、待って――あたしここの味噌ラーメンもう一度食べたい。すごく美味しかったから」

「だって僕たちまだすごく小さいんだぜ！　丼がプールくらい大きいんだぞ！」

「このアプリ、なんとかするから」。彼女は歯を剝いてタップしまくる。

またものすごく揺れる——

気がつけばそこは優美な草木が立ち並ぶ場所で、私たちはばったり地面に倒れている。そばには斜面を流れる小川。

私たちの体はフルサイズだ。

「こ……ここ、どこかな？」ぼうっとした頭で私は情けない声を出す。

「これ、根津美術館のカキツバタ庭園じゃない？」コジマが言う。「まっ、まっ、まったく、こ、こ、このアプリ、、！」

黄色いパナマ帽をかぶった人影が私たちに向かって手を振る。

「いやー、いろいろすいません！」よたよたと起き上がった私たちにジュンゾーが言う。「スマホの電池が切れちゃって。いずれここにいらっしゃるだろうと思ったんです。アプリ、ひどいバグですねえ！　心配要りません、お二人の入館料は払っておきましたから」

もう博物館はこりごりだと、私たちはまっすぐ帰宅する。大切な雑誌『オヤジギャグの華』はミニチュアサイズのままにとどまって、トウモロコシの粒にページを付けたみたいな感じだ。モノとしてのその訳のわからなさが、なぜか相応しく思える——さまざまな謎はいまだ明かされず、手が届かぬまま。

雑誌はアパートメントのサイドルームにしまっておいたのだが、いつの間にかなくなってしまった。

その19　ベルサイユの傘、プレーボール！

コジマがまたスマホにキスしている。

「ＬＩＮＥ、大好き！」甘い声で彼女は言う。

ＬＩＮＥとはむろん、東京で誰もが使っていると思えるメッセージ・アプリである。私以外、誰もが。

「スタンプも絵文字もカッコいい」コジマがペチャクチャ続ける。「あたしたちのヒップな友だち、学者のノリコも、メッセージに『ベルサイユのばら』スタンプ付けてくるのよ！」

「『ベルサイユのばら』？　あのみんな長い金髪の、フランス革命とマリー・アントワネットのアホな漫画？」

「アホじゃないわよ！」コジマが鼻を鳴らす。「威張りくさったお爺ちゃんは知らないでしょうけど、絵文字とスタンプは、現代のコミュニケーションとカルチャーの楽しくて便利なツールなのよ！　いい加減に頭入れ替えなさいよ！」

ＬＩＮＥストアまであって、絵文字キャラクターのグッズや人形を売っている。原宿にあるのだ。

「見に行きましょうよ！　感染症対策も万全だって」

感染症対策。いまやそれが東京のやり方。世界のやり方。

原宿に着き、新しいJRの駅を見て、私は呆然と首を振る。安っぽい陳腐な代物が、そのすぐ横にある、こぢんまりした由緒ある木造駅舎に取って代わったのだ。そして古い方は、いまにも解体されようとしている（いちおうあとで復元されることになっているが）。

「あの子いま、どこにいるかなあ」マスクを着けた私はため息をつく。「何年も前、僕たちが初めて東京に来たとき、すごいムスッとした顔であの忘れがたい写真を一緒に撮ってくれた、狂ったコートの原宿ガールは？」

「やめなさいよ、ため息つくの」コジマがブツブツ言う。

「待って！」私の目が大きくなる。「あそこ……あの子かな？　ほら——あの黄色と青のコート？　あのときのコートだ！」

私は駆けよっていく。三十がらみの女性が歩道をこっちへ歩いてくる。

つかのま、ソーシャルディスタンスを保ったなかものすごく気まずい場面が展開する。私は「ソーリー！　ソーリー！」と連発しながら立ち去る。

「バッカねえ」コジマが言う。「さ、LINEストアに行きましょ」

公式にはLINE FRIENDS FLAGSHIP STORE原宿といい、ガラス張りのショッピングセンターの三階分を占めている。順番が来ると、絵文字の茶色い熊のキャラクター、その名も「ブラウン」の巨大なぬいぐるみを見上げながら私たちは店内に入っていく。ここはまさに日本の消費主義の宝庫、巧妙に商業化されたカワイイさのひしめくアリババの洞窟、最低限の線で描かれたパステルカラー幼児的キャラクターたちのミニ王国だ。ウサギのコニー、おねむの水色コアラKOYA、いたずらっ子のチョコクッキーSHOOKY（KOYAとSHOOKYをデザインしたのはK-POPのボーイバンドである。あとで知ったがＬＩＮＥは韓国系企業なのだ）。

「なんかみんな、ロボットにされたアメーバみたいだな」私はブツブツ呟く。「人間が、ていうかティーンの女の子がハグしたくなる品々がすべてパッケージされてる」

「そうねえ、あんたここでずば抜けて最高齢の人類だものね」コジマがくっくっと笑う。

「だけど、『ベルばら』グッズ、ないの？」彼女は不満げに言う。

「うんこマークもないねえ」私は辛辣に笑う。「絵文字のハリウッド映画があってさ、うんこマークの声はスターシップ艦長のパトリック・スチュワートがやってるんだよ！」

「『ベルばら』に興味あるんだったら、すぐ近くでコマーシャルか何か撮ってるよ」紫色の髪にマッチしたマスクの女の子が英語で教えてくれる。「あたし、たったいま前を通ってきた」

東京、コマーシャルの街。

女の子に教わったとおりに、私たちは原宿の裏道に入っていく。何分かすると、目印にするよう言われた*Parapluies*のロゴを掲げたバンが二台見えてくる。フランス語の「雨傘」。どうやら傘のコマーシャルらしい。

バンのうしろに、元倉庫とおぼしきスペースの入口が見える。警備員が立っている。

「オスカル！」コジマがキンキン声を上げる。

警備員はマスクの向こうから愛想よくウインクを送ってよこす。滝のように流れる金髪のかつら、颯爽《さっそう》たる異性装、まさしく『ベルばら』の兵士ヒロイン。

報道関係者パスがここでも役に立ち、警備員は私たちを通してくれる。

中に入ると、撮影は休憩中らしい。照明とカメラが待機している。どの機材カートにもカラフルな傘が積まれている。オスカルのかつらをかぶってマスクを着けたいろんな男たちがのんびり休んでいる。みんなピンストライプの野球ユニフォームを着ていて、入っているチーム名も *Parapluies*。

Parapluies のTシャツを着た、かつらをかぶってマスクを着けた陽気そうな若い女性が英語で私たちに声をかけてくる。広報担当、名前はミチコ。

「なんでみんなオスカルかつらなの?」コジマがニコニコ笑って訊く。

「うん、傘売るのに、なんで?」私も言い足すが、野球を無理矢理取り入れたところも気に入っている。日本人は本当に野球が好きだ。

「『シェルブールの雨傘』は日本ですごく人気があるんです」ミチコが説明してくれる。「私たち日本人、ナンバーワン・ファンなの! で、あの名監督ドゥミさんは『ベルばら』の実写版も撮ってるんです。タイトルは『レイディ・オスカル』(邦題『ベルサイユのばら』)。それで、このコマーシャルの監督の北野さんが――」

「北野武?」私は思わず口走る。

東京――北野武のコマーシャルの街。

それで野球のユニフォームも、いっぺんに納得が行く。北野は大の野球狂なのだ。

「そうなんです」ミチコも言う。「それで北野さんが、ドゥミさんをコラボに誘ったの」

私は目を白黒させる。「ジャック・ドゥミが――ドゥミの幽霊が――ここにいるの？」

「もちろん。北野さんのコラボってすごくクリエイティブで、すごく楽しいんですよ」

と、そばで大きなうめき声が聞こえる。

私たちはそっちを向く。傘をどっさり積んだ機材カートに半分隠れてカンバス地のディレクターズ・チェアがあり、うめき声はそこに座った、ちらちらゆらめく男から発している。やはりかつらをかぶったこのヨーロッパ風の幽霊紳士、背を丸めて座り両手で頭を抱え、たっぷりした金髪のオスカルかつらを左右に振っている。

「*Quelle catastrophe!*（何てこった！）」男は一人うめいている。そして絶望したようなしぐさで周りを指し示す。「*Quelle abomination! Pourquoi, Jacques, pourquoi?? Idiot! Idiot!!*（何てひどい！　なぜだジャック、なぜなんだ？？　阿呆！　阿呆！！）」

「お気の毒にドゥミさん、気分がすぐれないんです。時差ボケかしら」ミチコが言う。

「あたしもかつら着けたい！」コジマが叫ぶ。

「いいですとも！」ミチコが応える。

私もかつらをかぶる。

「で、北野さんはどこに？」金髪をふわふわ膨らませながら私は訊ねる。

「もう来ると思いますよ」ミチコが言う。「そろそろリハーサルを再――」

「**危ない！**」誰かが英語でわめく。

「伏せて！」ミチコが叫ぶ。

野球のボールが二つ、私たちの頭の横をすごいスピードでかすめて行き、ずっと向こうの機材にまで弾んでいく。

「ごめんごめん、ソーリー、ソーリー！」北野武が声を上げる。紛れもない本人が、突如私たちの前に現われ、マスクのうしろでクスクス悪戯っぽく笑う。手にはボールが一杯入ったバケツを持っている。オスカルかつらをかぶって、*Parapluies* のユニフォームには派手な房飾りのついた肩章が縫い込まれている。オスカル流に太腿まであるブーツが、ずんぐりしたガニ股の脚をきっちり包んでいる。さらに何度か謝罪の言葉を発してから、北野はケラケラ笑い、必死によける「チームメート」にボールを次々投げつける。

「*L'horreur … l'horreur!*（ひどい……ひどすぎる！）」ドゥミの声がうめく。

そこへもう一人幽霊らしき姿が、北野の十五メートルくらい向こうに現われる。この亡霊、ベルサイユ風に優雅な銀髪の男物かつらをかぶっていて、野球のユニフォームには *Le Roi*（王）と書いてある。逞しい両脚はぴっちりした絹のストッキングに包まれ、ビロードの靴にはバックルが付いている。そして幽霊は左打者の構えをとり、バットの代わりに畳んだ傘を立てる。北野が彼めがけてボールを投げると、幽霊バッターはあの独特の、フラミンゴのごときスタイルで右足を持ち上げ、それからひょいとかがんで、頭に飛んできたボールをよける。ボールはすごいスピードで頭上を通り過ぎていく。

北野がからからと笑う。

私は息を呑み、目を丸くする。「あれ――王貞治の若いころの幽霊だ！」

「だぁれ？」コジマが例によって訊く。

だぁれ？　日本のハンク・アーロンその人じゃないか！

「このコマーシャル、『Parapluies なら大ヒット間違いなし！』っていうんです」ミチコが説明してくれる。

北野はすっかりご機嫌で、王めがけてメチャクチャに次々ボールを投げている。

「信じられない」私は口から泡を吹く。「僕も――僕も王さんに投げるぞ！」。私はミチコに、僕にも投げさせてくれるよう北野さんに頼んでくれとせがむが、彼女がそうする間もなく、私は名監督に向かって直接狂おしく叫んでいる。

「北野さん！　私、ずっと前から大々ファンなんです、ニューヨークに住んでる作家でして、もう何年も前に一度、『HANA-BI』についてあなたにインタビューしたことがあります、ひょっとして覚えてらっしゃるでしょうか、で、私、スティックボールではエースだったんです、スティックボールってのは野球の路上版っていうか、ニューヨークで日曜日に作家や画家が集まってテニスボールと箒を使ってやったんです、どうせじきに飲み屋になだれ込むんですけど――あの、王さんに一球投げてもいいいいいいいいですか？」

北野は面喰らってポカンと私を見ている。が、やがてクックッと笑い出し、「ニューヨーク！　ニューヨーク！」と叫ぶ。

「イエス、ニューヨーク！」。私は王を指さし、投げる真似をする。

「ニューヨーク！　ニューヨーク！」北野は唱え、みんながコーラスみたいに加わる。北野がボールをひとつ私に差し出す。私が飛んでいくと、彼はそれをひょいと投げてよこす。ボールはゴムで出来た偽物だ。

「行けぇ、バリーさん！」コジマが叫ぶ。

私は偉大なる王貞治に一礼する。王が礼を返す。私はぶるぶる震えて、いまにもぶっ倒れてしまいそうだ。それに、大きなかつらとマスクを着けて投げるのなんて全然慣れてない。何とか震えを止めようとするが、心臓はドキドキ高鳴っている。私はスラーブを投げることにする。左打者の手元に食い込む変化球だ。独特のフォームで振りかぶり、投げる――ボールが王に向かって飛んでいき、王はバックルの付いた靴をフラミンゴ式に持ち上げ、傘を振る――まるっきりの空振り！

私はもう有頂天、文字どおり宙に舞い上がる。大喜びでコジマの方を向く。みんな口々に「ニューヨーク！　ニューヨーク！」と叫んでいる。

「あのバッター、北野さんに目配せしたわよ」コジマが私に言う。「あんたのこと、からかってたみたい」

恥ずかしくて頬に火が点くのを感じながら、私は北野のバケツからもうひとつボールを摑む。いかめしく息を吸い込む。今回はカットボールだ、サイドスローで――かつてはこれで鳴らしたものだ、バッターの手前で鋭く、鋭く変化するのだ。

振りかぶり、投げる。王がフラミンゴ式に足を上げる。傘が武士の刀のようにキラッと光る。

ボールがものすごいスピードで戻ってきて、私が頭を一センチ回す間もなく、かつらのなかにボールは飛び込む。

私は小さな部屋のカウチの上で目を覚ます。オスカルかつらをかぶって看護師の制服を着た女性がマスクの上から私を見る。ミチコが隣にいる。

「ここは応急手当室です」ミチコが言う。

「かつらのおかげで大怪我を避けられたんです」看護師が英語で教えてくれる。

「お連れの方から、コスチュームデザイナーと一緒にかつら見てるから、とことづかってます」ミチコが言う。「北野さんと王さんは撮影中で、これをお見舞いにって」

お見舞いのプレゼントのひとつは、偉大なるホームランバッターがベルサイユ風に着飾ったサイン入り写真。もうひとつはオスカルかつらをかぶった北野で、サイン以外にも何か書いてある。

「『ボール頭で受けるんじゃねぇぞ、ニューヨーク！』って書いてあります」ミチコが説明してくれる。「あなたの写真もありますよ、そこの撮影記念ギャラリーに」彼女は陽気に言い、壁に留めた写真の列を指す。私の写真は、はためくかつらにボールが当たった瞬間を捉えている。その隣に、馬鹿っぽい顔の年寄りの男が、これまた金髪のかつらをかぶった頭をひょいと下げ、涼しい顔でボールをよけている。

この顔……なんとなく……見覚えが……

「ちょっと待って……」私は呟く。まだくらくらする頭でがばっと起き上がる。「これ、誰？」

「あー、なんか変な、鬱陶しいお爺ちゃんです」ミチコが肩をすくめる。「北野さんの悪ふざけの大ファンなんです。コマーシャルの撮影があると、ときどき出没するんですよ。いつもつまんないジョーク飛ばして」

「オヤジギャグってこと？　やっぱり――あの床屋だ！　床屋文芸誌の男だ！　いまどこにいるんです？　ここにいるの？」

「たったいま、出ていくところ見えた気が」ミチコが言う。

私はよたよたと立ち上がる。ドアから外に飛び出し、三歩進んで、狂おしくあたりを見回す。

「*Ah, merde!... Merde!*（ああ、いかん！……いかん！）」ドゥミのうめき声が聞こえる。

「危ない！」英語で誰かがわめく。

私はふたたび応急手当室で目を覚ます。

コジマが私を連れて帰る。彼女はひどく上機嫌だ。とてつもなく巨大なマリー・アントワネットかつらと、雨傘をもらったのだ。彼女はかつらをアバターに使い、ＬＩＮＥ仲間に大受けしている。

その20　ラクゴ・ラクゴ

「何ケタケタ笑ってるのよ?」コジマが呼びかける。

着物を着た日本人がテレビに出てるんだよ、と私は説明する。何もない小さな舞台に正座して笑い話をしてるんだ。「一言もわからないんだけど、とにかくその演技っていうかマイムっていうか、酔っ払って唇ぴちゃぴちゃ鳴らす真似なんか、もう最高なんだ!」

「あ、ようやく落語を発見なさったわけですね、我らの愛する伝統的な笑いの語りを」と私の編集者が、こちらの問い合わせメールに答える。「さてさてさて」

「何なんだろう、『さてさてさて』って」私はコジマに言う。

彼女は肩をすくめ、「ま、今夜説明してくれるんじゃないの」と答える。

名残惜しいが私たちはとうとう東京を去る。あと二週間で。そこでわが編集者が、忙しいなか、銀座のバー・ルパンでお別れの「スペシャル」深夜飲み会を設定してくれたのだ。

コジマはわくわくしている。「あそこ、前々から行きたかったのよ! それに深夜なんて、いまお店やる時間じゃないわよね。ほんとにスペシャルにちがいないわ!」

薄暗い銀座の裏道で、店の名の由来となっているあのフランス人泥棒紳士の、シルクハットに片眼鏡姿を描いた看板が煌々と輝いている。店内は暗い色の木が基調で、心地よいアール＝デコ風、黄色いランプが頭上でほのかに光る。L字形の豪勢な木のカウンターから私の編集者が迎えてくれる。もう夜も遅く、私たち以外には、カウンターの向こう端に小さなグループがいるだけのようだ。

「ここ、有名なんですよ」私の編集者は言う。「文学の歴史が詰まっていて、落語にも縁があるんです！」。マスクの向こうで……陰険に笑っているのか？「で、何お飲みになります？　こちら、今夜のスペシャルゲスト・バーテンです」

　バーテンはカウンターのうしろにかがみ込んでいて、見えるのは彼の広い背中だけだ。いや、彼女の背中だろうか――見えている着物は派手な女物なのだ。バーテンはまっすぐ立ち上がってこっちを向く。絹とおぼしきスカーフに半分隠れた、精悍な顔がじっと私を見る。ちらちら揺れている……ちらちら揺れる顔……。

　まさか、と思いつつも、おぞましい染みがじわじわ広がるように、だんだん私にもわかってくる。

「ハロー」男の太い、イギリス訛りの声が言う。「私、ヘンリー・ブラックです」

そしてヘンリー・ブラックはニヤッと笑い……それから、顔がさっと気むずかしげに変わって私はギョッとする。

「と……床屋？」私は唖然としてしどろもどろに言う。「あなたが――あの床屋？『オヤジギャグの華』の？」

私がショックを受けているのを見て、編集者が得意げにくっくっと笑う。「ブラック師匠です。『快楽亭ブラック』の名で、イギリス人ながら明治時代屈指の落語家でした。あなたが東京にいらしてから、床屋を演じる役を引き受けてくださったんです。あなたが泊まってらっしゃるアパートメントの、前のコンシエルジュが、私の同僚の娘さんでして。あなたが来日されて早々、動向や居場所を教えてくれたんです」

「というと、つまり……?」私は愕然として言う。

「はい、白状します。床屋の一件は、すべてお芝居だったんです!」。編集者はまたくっくっと笑う。「床屋とはかつて、近所の人が集まる格好のたまり場でした。日本でいち早く書かれた有名な滑稽物語は『浮世床』と呼ばれています。粋でしょう? そこで私も、あなたを巻き込んで、不吉な床屋のエピソードを仕組んだわけです。『オヤジギャグの華』というタイトルも私の発案です。すべて、あなたが東京をめぐる物語を書く刺激になればと。ま、私たち編集者も、たまにはふざけて楽しみたいってこともありますけど」

「わー、すごい!」コジマが言う。目を丸くして立ちつくしている私の肩を、彼女は陽気にぽんと叩く。

でも、お会いしたあのとき、あなたは西洋人には見えませんでしたよ、と私はヘンリー・ブラックに言う。ちらちら幽霊みたいに揺らめいてもいなかったし。

「それは、私が芸達者だからです」ブラックは鼻高々に言いはなつ。「歌舞伎の女形で有名でしたし」――そう言って身を縮め、両手を優雅にはためかせる――「幡随院長兵衛《ばんずいいんちょうべえ》みたいなタフガイ・ヒーローも得意でした」――喧嘩腰になって、怖い目で睨む。

でもどうやって……どうやってあの呪わしい床屋の店は消えたのか?

「歌舞伎の裏方仲間にとって、組み立てたり壊したりはお手の物ですから」ヘンリー・ブラックが言ってのける。

江戸東京博物館にあった、『オヤジギャグの華』の豆本雑誌は？　と私は編集者に訊く。

「あなたのエージェントのジュンゾーさんに、ご協力いただきまして」

じゃあ菅原文太とポテトサラダ・インタビューは――それに神保町でのあの騒ぎは？

「ああ、わが獰猛なる友、文太さんと仲間たち」ヘンリー・ブラックがニヤッと笑う。「あいつら、よくやったでしょう？」

「じゃあちょっと待って、ほかの幽霊もみんなグルだったたってこと？」私の頭はすっかりくらくらしている。

「いやいや、そんなことは！」私の編集者が答える。「何せここは東京――幽霊の都です！」編集者は嬉しそうに手をすりあわせる。「さあ、飲みましょう！」

ブラック師匠が特大の酒瓶を持ち上げる。注いでくれる。私たちは東京に乾杯する。マスクを下げて一気に飲み干す。

私は呆然とグラスのなかに目を落とし、今晩明かされた事実を想って首を横に振る……周りはみんなニタニタ笑っている。

「ちょいと一席、行きましょうか」ブラック師匠が言う。目がキラキラ光っている。「では。ある男が、一杯やろうと飲み屋に向かって歩いていると、雨で出来た水たまりの前にしゃがみ込んで釣りをしている年寄りに行きあたります。男はこの何とも情けない、物哀しい姿を憐れに思って、年寄りを誘います。一緒においでなさい、あたしが酒も食いものもおごるから、と。というわけで飲み屋に行きますと、まあこの老人、飲むこと、食うこと。男は訊ねます。『よう爺さん、あんた水たまりで、ほんとに釣れたのかね？』『もちろんです』と答えが返ってきます。『今日は旦那で五人目です！』」

「ハハ！　あんた、魚なんだ！」コジマがゲラゲラ笑う。また私の背中をばんと叩く。ヘンリー・ブラックがウインクする。

みんなが愉快そうなので、私はなんとか我慢している。「まあ僕も自分のこと、一種落語家みたいなものだと思っているよ」私は力なく言う。

私の編集者がうなずく。「そうですよね。落語家には三段階の身分制があるんです。あなたは前座ですね。一流の前座です」

「それってどの身分？」

「見習いです」ヘンリー・ブラックが言う。またウインク。

どうやら今夜は、とことん私がコケにされるみたいだ。

「今度は日本酒じゃなくて、モスコミュール飲みたい」カクテルに目がないコジマが声を上げる。「有名なんでしょ、ここのモスコミュール」

「酒は日本酒が一番です」スペシャルゲストのバーテンが答える。

「いいえ、モスコミュールがいいの。ウォッカにジンジャーエール、可愛い銅のカップで！」

むっとした顔になったヘンリー・ブラックは、カウンターの向こう側でごそごそ動き、言われたとおりコジマの前に可愛い銅のカップに入ったモスコミュールを出す。コジマが一口飲み……顔を歪めてペッと吐き出す。

「これ、まずい！」

「なんとおっしゃいましたか？」派手な着物を着た偉大な落語家は、傲慢に胸を張る。

「飲めたもんじゃない！」コジマはなおも、私が肘でつつくのを無視して言い張る。

「Hey stupid girl（おい馬鹿娘）」カウンターの端から英語で声が上がる。「偉い落語家にそんな口利くな！　こっちへ来い、俺が接吻してやるから！」

私たちはみなさっとそっちを向く。話しているのは幽霊っぽい日本人の男で、ほかにも幽霊らしいのがもう二人いる。男は三十がらみ、一九四〇年代風の黒っぽいチョッキにネクタイ姿。ひどく酔っ払っている。

「うるさい、くたばれ！」コジマが答える。私はもっと激しく肘でつつく。

「あ、太宰だ」編集者がくっくっと笑う。

まさしく！　着物を着ていないので見違えたのだ。あの有名な、酒場で撮った写真を私も一気に思い出す。きっとまさにこの店で撮ったにちがいない。

「またあいつ」コジマが鼻を鳴らす。

一緒にいる男性の、やはり三十がらみ、四〇年代の洋服を着た人物が、大きな眼鏡の向こうから、ぞんざいな、だが是認のまなざしでコジマにニッと笑いかける。「Good!」と彼は英語で叫ぶ。カウンターをばしんと叩く。「君は本心から、肉体からものを言っている！

俺はミスター・アンゴ・サカグチ」。そう言って一礼する。

「太宰と同じ、有名な無頼派作家ですよ」編集者がささやく。

そう言われて私も気がつく。「僕、あなたのあの写真大好きですよ、そこらじゅう原稿用紙が散らばってるなかであなたが書いてるやつ」と私は坂口安吾に言う。「どうして知ってるかっていうと、僕、散らかすこと、ため込むことについて本を書いたんです。ほら、ゴミ屋敷とか」

安吾はとまどいの表情を浮かべる。

「で、こちらのご婦人は」安吾は気を取り直し、隣にいる着物を着た澄まし顔の幽霊女性を指して続ける。「ミス・サダ・アベ。優しい、温かい、未来の世代にとっての救いの神だ！俺ね、この人と対談したんだ」

「救いの神」はクスクス笑って、安吾に一礼する。それから彼女は私たちにもお辞儀し、我々の横をすり抜けるようにして出入口に向かう。彼女が近づいてくると、ヘンリー・ブラックは大きな両手を組んで着物の股間を隠す。見れば編集者も、さりげなく同じことをやっている。

「定さんのこと、知ってます？」彼女が立ち去るのを見ながら編集者は私に小声で訊く。身を乗り出し、答えを私の耳許でささやく。

「えーっ、あのアベサダ？」私は思わず口走る。

「なあに？」コジマが言う。

「で、あんた、落語好きなのか？」坂口安吾が大声で割って入る。

「あとで話す」と私がコジマにささやくなか、無頼派作家はまくし立てる。「落語、すごいよ！ブラック師匠だけじゃない、俺の友だちのミスター・オサムも落語家なんだぜ、文学落語だよ、史上最高の！　新しく書いた話、ここで一席やりたいんじゃないかな」

「うわ、これはスペシャルですよ」編集者が熱く言う。

なんてすごい晩だ、と私も胸の内で思う。

太宰はふらふらと私たちにお辞儀する。「まず、ちゃんと落語家らしく座らないと」しゃっくり混じりに言う。カウンターの丸椅子の上に、どうにか正座する——そしてゆっくり、床に倒れ込む。

大変だ、と私たちは口々に叫ぶ。

太宰は仰向けに倒れたままゲラゲラ笑う。「ここから落語、やるぞ！」と彼は叫ぶ。

「高座で寝転がっちゃあいけません」ヘンリー・ブラックが息巻く。

「最高に純粋な落語をやるんだ」太宰が言い返す。「落語とは『堕ちた言葉』！」クスクス笑う。天井に向かってお辞儀する。そうして語り出す。

「私は森のなかを歩いている。と、一人の男が木に体を押しつけているのが見える。ズボンが足首のところまで落ちている。私ははじめ、男が自然の欲求を満たしているのだと思う。だがやがて、男がくねくねと腰を振って、低く二股に分かれた枝のくぼみに熱っぽくこすりつけていることに気がつく！」

「ちょっと待って……」私は唾を飛ばして言う。自分の耳が信じられない。

「ああベイビー、と男がうめくのが聞こえる。ああベイビー！」

「待て！　やめろ！」私はわめく。「それは僕の話だぞ。何年も前に書いた『自然の欲求』だ！」

安吾が愕然とした顔になる。

「いやいや、これは俺の話だ」太宰は言い張る。

「僕のだ!」作家としての怒りに包まれて私は絶叫する。

私は太宰の方に向かって動き出すが、安吾に行く手を遮られる。

突然、日本語の荒々しい胴間声が聞こえる。私たちはみんなそっちを向く。幽霊っぽい、革ジャンを着た角刈りの男がよたよたとバーに入ってきて、呆然とあたりを見回す。

三島由紀夫!

「I hate your literature, Osamu Dazai!(僕は太宰さんの文学はきらいなんです!)」と英語に切り替えて三島は叫ぶ。ひどく酔っ払っていても、日本人でない顔がいくつかあることに気づいたらしい。「私のもっとも隠したがっていた部分を故意に露出するから!」

「でもいまの話、僕が書いたんですけど」私は訂正に努める。

「そんなことを言ったって、こうして来てるんだから、やっぱり好きなんだよな」嫌いと言われた太宰は冷ややかに笑って受け流す。「なあ、やっぱり好きなんだ」

こう言い返されて、三島は激怒する。短剣がその手のなかでキラッと光る。誰もが大声を上げる。私の編集者が三島の片腕を摑み、どうにか短剣を奪い取る。

「さあ、三島さん」編集者は慣れた様子でなだめる。「お気に入りの『どん底』に行って、楽しく寝酒と行きましょう」

三島は一応大人しくなって、導かれるままに店を出る。私の編集者は申し訳ないという顔で出入口から手を振り、また連絡します、と身振りで私に伝える。そして三島と二人で夜の街に消えていく。

ルパンも今夜は閉店だとヘンリー・ブラックが宣言する。

「いやー、ものすごい『スペシャル』な飲み会だったなあ！」地下鉄を出てアパートメントに向かいながら私は言う。「床屋のこと、ほんとに信じられないよ。僕の編集者も！　それと、太宰がやったこと、まだ怒りが収まらないぞ！」

「ただの酔っ払いじゃない」コジマが言う。「あれ、笑えたわよ」

私はうなり声を漏らす。次の瞬間、私は黙る。通りの向こう側に、幽霊っぽい年寄りの男が、水たまりの前で、原始的な釣り竿を手にしゃがみ込んでいるのだ。老人は私たちに気づく。そしてすぐさま、その皺だらけの顔に、この上なく情けない、すがるような表情を作る。

「くたばれ、爺さん！」私は叫ぶ。

「ヘンリー・ブラックの友だちね」コジマが笑う。「ハハ、あんたは魚！　ハハ！」

私はそれに応えて、ルパンにいたあの幽霊婦人、阿部定が生前何者だったかをコジマに告げる。映画『愛のコリーダ』の、愛人の陰部を……

コジマの笑いが別の何かに変わる。

その21　東京三点倒立

とうとう私たちが東京を去る時が迫ってくる。

「帰りたくない！」コジマがうめく。

私もだ。

元々は一か月かそこらの滞在予定だった。それがなぜか、一年半以上にのびた。それでもまだ二人とも、とうとう決まったスケジュールに従って、東京タワーの下のささやかな賃貸しアパートメントに別れを告げる気になれずにいる。ついに、ついにニューヨークへ戻る気になれずにいる。

避けようのないことを、私たちはさらにもう一週間先送りする。

「東京って、たしかに未来っぽいけど」買った朝のコンビニおにぎりを食べながらコジマが評す。「でも、ちゃんと根がある。それに、妙に古風なところも」

「幽霊もいる」私が口をはさむ。

「えええええ、偽の床屋の幽霊よね！」彼女は私をからかって言う。「まあとにかく、すごくチャーミングで心地いい。この近所の、シューマンがかかってて、いまの季節だと偽のヒイラギの枝が入口に掛けてある小さなスーパーみたいに」

「あそこの店の店員の一人、もう七十は行ってるよな。日本ってたしか、平均年齢が世界でもトップクラスなんだよね？」

我らが友ジュンゾーは、私がその話を持ち出すと首を縦に振る。これで最後と、私たちは有楽町のお気に入りの焼き鳥横丁に来ている。ガード下の、感染症対策に配慮したお別れパーティ（最初の数分は、彼とコジマとで『オヤジギャグ』の一件をふり返ってクスクス笑うことに費やされる）。「東京の高齢者はたいてい郊外に住んでいます」とジュンゾーは言う。「孤独と認知症、これが大きな問題です。特に現在の危機にあっては深刻なんです。でも最近では、セラピーロボットが開発されています。たとえば、パロっていう、撫でたり抱きしめたりすると反応する、ふさふさの赤ん坊アザラシとか。本当に本物そっくりなんです！」。

ジュンゾーはスマホを出して、びっくりするような映像を見せてくれる。

「ねえねえ、帰る前にロボット見られる？」コジマが甘い声を上げる。

ジュンゾーが笑う。「お友だちの都築響一さんが手配してくれるんじゃないですか。あの方、あらゆるところにコネがあるみたいだから」

次の晩、響一が鷹揚に笑う。今夜は彼との最後の晩、私たちは感染症対策に配慮しつつ赤坂の居酒屋にいる。「うん、パロみたいなロボット、見せてあげられると思うよ。でもまず今夜は、高齢者の暮らしのすごく特別なモデルを見せたいんだ」

酒とつまみをしっかり楽しんだ末に、響一はタクシーで我々を、渋谷にある薄汚いアパートに連れていく。みすぼらしい、だがくつろげる狭いアパートのなかで、幽霊のような姿がちらちら揺れている。半分裸の、針金みたいに痩せたすごい高齢者で、長い白髪にもじゃもじゃの山羊ヒゲ、大きな赤いストッキングキャップ、レインボーサングラス。

ヤクザ映画の巨匠、鈴木清順の幽霊！

「そう見えるだろ、けど違うんだよ」響一がニヤッと笑う。そしてお辞儀しながら、私の言葉を日本語でチカチカ光る老人に伝えると、老人もニヤッと笑う。「これはね、ダダカンの若いときの幽霊」と響一が私たちに言う。「超ベテランのパフォーマンスアーティストだよ」

「若いとき？」コジマが言い返す。「九十くらいに見えるじゃない！」

「本物のダダカンこと糸井貫二は、仙台の老人ホームで百歳になったところだよ。いまもこのアパートを使ってるんだ。毎日の特別の儀式のために」

響一が合図すると、偽ダダカンはTシャツを脱ぎ、短パンも脱いで——さらにはパンツも。コジマがきゃっと叫ぶ。ダダカンは椅子の方を向き、かがみ込んで、おそろしく老いた、骨ばった、ちろちろ光る体をゆっくり持ち上げ、三点倒立を始める。垂直になった裸体の足指が天井を指す。

コジマが悲鳴を上げる。

ダダカンはしばらくそのポーズを保ち、やがてゆっくり体を降ろす。その流れのまま、服を着はじめる。

「これ、毎日やるんだよ」響一は言って、ダダカンにお辞儀する。私も何となくわくわくしてお辞儀する。「ほかの高齢者も習慣にするといいんだけどね」響一はさらに言う。「ダダカンが言うには、精神に良く、悟りに近づく助けになる。この人、布教者なんだよね。じゃ、あんたもやってみる？」

ダダカンもうなずき、親指を突き上げて私に勧める。

「え、僕ですか？　いえいえ結構、結構です、そういうの、僕あの、趣味じゃないから！」。コジマがせせら笑うのが聞こえる。

「じゃあまあいつかそのうち」響一が落着き払った声で言う。「あ、ところでさ……」

ダダカンがもう何十年も「ストリーキング」をやってきたことを私たちは知る。もっとも有名なスキャンダルとなったのが、一九六四年の東京オリンピックの際に銀座を裸で走ったときだという。

「元祖古代ギリシャのオリンピックへのオマージュだよ」みんなでアパートを去りながら響一が言う。「俺、この若いダダカンの幽霊そそのかして、ここで来年ほんとにオリンピックが開かれるときに、裸の集団ランニングやらせようとしてるの。実現しますように」

「いいアイデアだなあ」私は答える。「実現しますように」

「どうかなあ、なんか気持ち悪い」帰りの地下鉄でコジマが呟く。

次の日、響一の神秘的なコネのおかげで、私たちは新宿の静かな一画にあるロボット・ラボでふわふわの人造ウサちゃんを撫でている。フラッフォなる名で、ブルドッグみたいに大きい。

「カワイイ！」コジマが猫撫で声を上げながらせっせと撫でると、フラッフォは鼻と大きな柔らかい耳をぴくぴくさせ、気持ちよさそうに身をくねらせ、嬉しそうなウサギ声を出す。

「この子、あたしのこと好きなのよ！」コジマが叫ぶ。「連れて帰りたい！」

白衣を着た若いラボの男がマスクの陰で愉快げな顔をしている。「フラッフォは本当にお年寄りの気持ちを鎮めてくれるんです」

「どうかなあ、なんか気持ち悪かったよ」フラッフォ抜きで外に出てから私はコジマに呟く。

その晩、私たちはアパートメントの裏の小さな寒々したバルコニーに出て、これまでずっと頭上高くにそびえていた東京タワーに乾杯する。やがて、私たちはぴたっと止まる。目をぱちくりさせ、まじまじと見る。

痩せこけた、ちらちら揺れる裸の姿が見えるのだ。タワーの巨大な、光を放つ鉄桁の只中で三点倒立をやっている。

幽霊ダダカン？

「あんたのこと気に入ったんだよ＋敬意を表してるんだよ」翌朝響一がショートメールで返事をよこす。

「いきなり隣に現われた、太った獰猛そうな、やっぱり三点倒立してた幽霊二人は？　さすがに裸じゃなかったけど」私は返信する。「この近くの霊廟にいる徳川将軍じゃないかな！」

「いいねえ！」響一が☺を添えて返事をよこす。「ダダカン三点倒立、人気出てきたねえ！」

コジマが正午近くに近所の小さなスーパーから戻ってきて、年配の店員が休憩時間に店の裏で三点倒立していたと私に告げる。「お行儀よく」と彼女は付け加える。「裸じゃなくて」

ネット上に、東京のある郊外で高齢者たちが一人住まいの窓辺で三点倒立をやっているというニュースが報じられる。服を着ている度合いはさまざまだが、みんな楽しそうだという。

「流行だよ」私はコジマに言う。「東京、流行の街。ダダカン三点倒立フィーバー！」

翌日の晩、コジマがグルメ仲間と上野で早めの時間のサヨナラ女子会をやっているあいだ、私も私自身のサヨナラをもうひとつ告げるため、肌寒くなってきた薄闇のなか近くの浅草をぶらぶら歩く。やがて隅田川に出る。人はほとんどいない。と、ぽつんと一人たたずむ横顔が、じっと東の方を見ているのが目に入る。その姿がちらちら揺れる。旧式のホンブルグ帽をかぶって、黒っぽい外套を着た、馬面に眼鏡をかけた紳士。

それが誰だか私は悟る。

「こんばんは、荷風さん」私は英語で恭しく挨拶する。「前に豊洲市場の屋上でお会いしました。覚えてらっしゃいます？」

往年の東京とその歓楽を偲ぶ不機嫌顔の作家、永井荷風は軽いうなり声を漏らすのみ。私たちは二人とも無言でそれぞれの郷愁に浸り、くすんだ川の向こうを一緒に見やる。対岸には、アサヒビール本社ビルの屋上にフィリップ・スタルク作の巨大なオブジェが見える。一種エアロダイナミックな黄金のウンコが、暮れなずむ空で鈍く光っている。突然、もしやという気になって、私は隣の人物の方を盗み見る。

やっぱり。

「ちょっと失礼」と小声で言って荷風は一歩うしろに下がる。回れ右し、体を曲げ、帽子を地面に置く。それから、ゆっくりと三点倒立の姿勢に上がっていく。外套の裾が地面近くまで垂れる。

「すごく詩的だったよ」一緒にアパートメントに帰りながら私はコジマにもう一度言う。

「まったく、あんたの幽霊たちときたら」コジマがため息をつく。私たちはエレベータから

その21 東京三点倒立

出る。コジマが凍りつく。

「フラッフォ！」

ロボットウサギが、私たちのドアの外で待っているのだ。

「わかってたのよ、あたしのこと好きなんだって。あたしたちが住んでるところ、見つけたのよ！」コジマは叫び、ロボットをぎゅっと抱き上げ、窃盗者の表情で急いで中に入る。

彼女はそれを返そうとしない――はじめは。だがこのフラッフォ、ひとつのことしか頭にない。ひたすら、耳の長いふわふわの頭で、三点倒立をやろうとするばかりなのだ。朝になり、コジマは私に、新宿のラボに電話していますぐ三点倒立狂の逃亡ウサギを引き取りに来させろと命じる。「このウサギ、ストーカーだって言ってちょうだい！」

私たちはまた、私の長年の翻訳者とも、最後にもう一度六本木で、用心深い、しかし酒に潤された夕食を共にする。四つ角で別れを告げながら、私は冗談に、まさか君まで三点倒立フィーバーに染まりやしないよね、と翻訳者に言う。マスクの向こうから、彼はイエスともノーともつかない声を漏らす。彼が地下鉄の入口に向かうのを私たちは見送る。彼はこっちを向く。私たちは手を振る。すると彼は横を向き、体を曲げ、そろそろと三点倒立に入っていく。それからさっと立ち上がり、おずおずと慎ましく両手を広げ、地下鉄に消えていく。

とうとう、出発の日の朝が来る。どうにか荷造りも終わった。Uberのタクシーが来る。私が特別注文した「サプライズ」車だ。ピンク色、一九六〇年型のダットサン・セダンの幽霊。運転手は、平岡瑤子。もしゃもしゃの金髪のウィグハットをかぶった、三島由紀夫の若き花嫁である。どうやってだか、私たちはダットサンのコンパクトな車内に荷物を詰め込む。

「落着けよ」空港に向けて出発しながら私はコジマに言う。サプライズ車が現われたときからずっと、コジマは露骨に懐疑的な態度なのだ。「言っただろ、この人すごい運転上手なんだよ、たっぷり値引きしてくれたし、英語も達者なんだ」

高速道路の渋滞のなかに私たちは入っていく。「残念ねえ、これだけ長くいたのに、富士山一度も見なかったなんて」コジマがため息をつく。

途中で一目見えたりしないかな、と私は瑤子に訊いてみる。

「富士山が見たいの？　オーケー――つかまって！」

この一言とともにダットサンが轟音を上げて一気に飛び出し、小さなエンジンがすさまじい音を立てるなか車は向きを変えつつものすごい速さでほかの車を抜いていき――そして突然宙に浮かぶ。コジマと私は悲鳴を上げてたがいにしがみつき、ダットサンは空に舞い上がる。

「ほらあっち！」車体が傾くとともに瑤子が叫ぶ。富士山の堂々たる白い円錐が彼方に立ち上がり、光を発している。

そしていま、ダットサンが方向転換するなか、眼下に目を戻せば、我らが東京タワーのオレンジと白が突き上がっているのが見え、もう一方の窓越しに、エンパイアステートビルを真似たドコモタワーが見える。それから、新しいオリンピックスタジアム――その周りで、小さな裸の姿が列を成してひたひた走り、小さな警官たちがのろのろと追っていく。

ダダカンの若いときの幽霊が仲間を率いて、オリンピック・ストリーキングの予行演習をしているのだ！

この時点でダットサンがぐいと回ってバレルロールをやり出し――三点倒立空中版だ――コジマと私はまた新たに悲鳴を上げる。私たちも荷物も、どさっとひっくり返る。

それから水平に戻って、ピンク色のちらちら揺れるセダンが青空を流れるように進み、下には東京とその川と車の流れが広がっている。

成田で、最後の驚きが待っている。出国ゲートのそばの静かな、感染症対策をした一画に私たちが座っていると、ちらちら揺れる二人の姿が近づいてくる。

私たちはあんぐり口を開ける。

彼らはニヤッと笑う。

「そうだよ、あんたたちの若いときの幽霊だよ」過去のバリーが意気揚々請けあう。

「ほんの二日前のね」かつてのコジマが陽気に言う。「さよならを言いに来たのよ。あたしたち、ここに残るのよ!」

私は答えない。コジマも答えない。我々は呆然と見る。信じられない、自分たちの幽霊二人がこんなにみすぼらしいなんて。酒で体もやつれて。フォールスタッフの末路もかくや。この「私」が身につけている、古びたバケットハットとしみだらけのジャケットのなんとむさ苦しいこと!

東京――酒に関しては私たちが世界で一番好きな街。その街のせいでこうなったのか?

「あんた、ちょっとびびってるのかな?」過去のバリーがくっくっと笑う。「Pourquoi, mon vieux?(なぜだい、君ぃ)」。垢抜けた茶目っ気のつもりのフランス語だろうが、もう底なしに野暮ったい。

「心配しなさんな、純米酒味わってるときあんたたちのこと考えるから！」偽コジマがからかい、がははと騒々しく笑う。

「まあとにかく、お見送りにひとつ披露しようと思ってさ！」偽バリーが叫ぶ。ウインクする。そして回れ右し、体を前に曲げ、よろよろ危なっかしい三点倒立をやり出し、帽子が下でぺしゃんこにつぶれ……突然どさっと派手に倒れ込む。

「ケッ、朝酒やりすぎたか」何やらもごもご言っている。「朝寿司、食べに行ったんだ。ま、とにかく、それじゃ」

その一言と同時に、フライトの搭乗開始が告げられ、私たちは東京から出ていく。

「あんたの幽霊たちときたら！」席に身を落着けながらコジマがぶつぶつ言う。「まったく！」。首を横に振り、マスクの上で目をぎゅっと閉じるコジマの嫌悪はますます募るばかり。

それから彼女は、思わずゲラゲラ笑い出す。

ニューヨークに着くと、偽バリーからメールが届く。「あんたもし東京物語書くんだったら、最後の出発の場面は書かないでくれると有難いんだけど」とメールにはある。「やっぱりまあ、こっちも見栄とかあるからさ。ご理解いただければ！」

「情けない奴だなあ！」私はコジマに言う。「でもまあさすがに気の毒かなあ、言うとおりにしてやるか」

「何言ってんのよ」とコジマが言う。

その22　その後の顛末《てんまつ》

「わあ大変!」コジマが叫ぶ。「東京にいる、かつてのあたしの幽霊からメールが来た!」

二人でニューヨークに帰ってきて、もう何週間も経つ。

「うわっ、返事するなよ!」私は言う。「何て言ってる?」

「自分で見なさいよ!」

「コンニチワ、コジマ」とメールは始まっている。「聞いてきっとあんたたち喜ぶだろうけど、東京でバリーもあたしも、毎日みじめな思いをしています。東京タワーの下の素敵なアパートメントも追い出されたし。で、オリンピック選手村にこっそりもぐり込んで、アスリートたちとつき合ったら面白いと思って。けど、あたしたち誰にも感染させるわけないのに、セキュリティの連中がやたらうるさいの。それに共通エリアでは酒も禁止だし。ブッブッブツ。オリンピックやってるってだけで、東京の人たち落ち込んだり怒ったりしてるけど、まあ無理ないわよね。バーも居酒屋も休業同然だし。あたしたちの知り合い、ほとんどみんな、本物の人間も幽霊も東京から逃げ出してしまった。なのに交通の混雑は最悪。それに毎日耐えがたい暑さと湿気! 東京、もう全然楽しくない!

おとといの夜の開会式にはなんとかもぐり込んだけど、とにかくひどく気が滅入って、馬鹿みたいだった。スタンドも空席ばっかで、なんか不気味で。外で反対デモやってる声もずっと聞こえてたし。ダダカンの若いころの幽霊が弟子たち連れてストリーキングに現われもしなかった――そりゃそうよね。スタジアムのトンネルで、スキャンダルで辞任した組織委員会の連中とか『アーチスト』とかが恥じ入って卑屈な顔してるの見たよ、セレモニーに背を向けて。当然の報いだよね。花火とドローンのアクロバットはまあなかなかだった。だけどスピーチ――もうほんっとに退屈で、白々しくて！

途中からそばの席に座った、三十代かな、いい感じの幽霊の男と話したの。英語喋れるのに、あなたエスペラント（！）話せますかって訊くのよ。なんかエスペラントに情熱燃やしてるみたい。古くさい山高帽かぶって汗だらだらかいて、腕にはコート掛けてて！　一九六四年の夏季オリンピックも見たって言ってたわ、まああのときは夏季っていっても十月だったわけだけど。ケンジっていう名前で。岩手県の花巻っていうところの出なんだって。生きてたときは農学者で地質学者で。今回の開会式には、子供を一人連れてきていた。ショーヘイっていう近くの街の出の、花巻の高校に行った人の九歳のときの幽霊なのよね。生きてる大人のショーヘイは、なんかアメリカの野球界で大スターらしいけど。それ聞いたバリーの、あごがくんと落ちた顔ときたら！　子供のショーヘイの、ここへ来て一番の目当ては、オリンピックに出る日本の女子バドミントンのスターたちのサインをもらうこと。ママが熱心なバドミントン選手で、プレゼントしてあげたいんだって。で、サイン、しっかりもらってた。ママきっと喜ぶね。

あたしたち東京にいてすごくみじめなんですって言ったら、ケンジがすかさず、よかったらお二人とも花巻の外れに来てしばらく泊まっていきませんか、東北は森も水も綺麗ですよって誘ってくれたの。迷わずイエス！って言ったわ。でもどうやって行くの？って訊いたらケンジはニッコリ微笑んだ。いつも静かに笑ってる人なのよ。ほんと、キュートな人なの」

「参ったな！」私はコジマに言う。

二週間ばかりして、今度は私のところに、かつての自分の幽霊からメールが届く。

「まあどうでもいいって思うだろうけど」とメールは不機嫌な調子で始まる。「きっとコジマから訊いてるよな、俺たち耐えがたい東京を逃げ出したんだよ！　すごい昔の高架鉄道、っていうか空を飛ぶ、銀河を走る鉄道で行ったんだ！　はじめはコジマも俺も怖くてギャーギャーわめいたけど、あとはもう口あんぐり開けてずっと見とれてたね。ケンジのおかげでショーヘイもまだ小さいのに星座とか全部知ってるんだ、ケンジの奴ほんとにすごい物知りみたいで。どっかの駅に列車が停まって、俺たち腹減ってたんだけど、大きな鳥入れた袋持った猟師が乗ってきて、その鳥っていうのがサギで、ペシャンコにつぶれてて、なんか不気味で。だけどコジマは食べ物のプロだからさ、まあ一切れもらおうって。これが美味いのなんの！　マジパンみたいに甘くて！　それから今度はケンジが、びっくりするようなリンゴを分けてくれた――すごく赤くて、甘さもたっぷりで。

で、俺たち二人、さわやかな松林で寝泊まりすることになった。ケンジの住んでる母屋のすぐ横に、客用の素朴な藁葺き小屋があるんだ。まるっきりヘルススパみたいだったよ。食べ物もベーシックな自然食――米と味噌と野菜、薬草茶。いやほんとに健康的。コジマはもう有頂天だったね、これぞ理想の夏だって。ざまー見ろ、東京！　ケンジは熱心な仏教徒で、だから酒はなし。だけどこっちもさすがにいい加減休んだ方がいいからね（これは本心）。

朝は俺、ケンジのトマト畑を手伝って、そのあとみんなでケンジに連れられて長い散歩に出かけた。あたりの地質のこともケンジが講釈してくれた。近所の川岸をケンジは『イギリス海岸』って名づけてる。そこに昔は白い泥岩層だか何だかが見えたそうで、それがドーバーの岸壁を思わせたんだって。それはちょっと苦しいんじゃないのって思ったけど、まあ想像力は豊かな奴だってわかるよね。それに考えも深い。本気で自然を愛してる。

二度ばかりショーヘイもついて来て、蝶が舞い鳥がさえずるなかで一緒にバドミントンをやった。何度やっても負かされて、まあいちおうニタニタ笑ってたけど、やっぱりちょっとムカつくよな、九歳の子供に負けるのは。

夜は古いゼンマイ式の蓄音機でケンジのレコードを聴いた。ケンジはクラシックのレコードのすごいコレクションを持ってた。お気に入りはベートーベンで、特に田園交響曲。チェロの腕前を披露してくれる晩もあった。アマチュアだけどすごく真剣にやってる。外に出て、月光の下で弾いたりもした。靄のかかった、大いなる銀河の流れが、鉄道が走っていたあの高い、高い夜空を流れていく、その下で。見上げてると俺まで泣けてきたね。

そんなふうに毎日が過ぎていった……。

ある晩、ケンジが外で狂詩曲《ラプソディ》を弾いてたら、狸がとっとっと寄ってきて、ケンジの横に座り込んだ。で、しっぽで地面をとんとん叩きはじめた——パーカッションの伴奏のつもりなんだ！　そのうちにコジマが、俺は黙らせようとしたんだけど口を出して、あんたの音程ずれてるわよ、狸もテンポ外れてるし、って言うんだ。何せ若いころクラシックピアノやってて、あたし絶対音感あるのよってよく自慢してるくらいでさ、ときどきそういう無遠慮なこと言うんだよね。ケンジは謙虚に聞いてたけど、狸はなんか小声でうなってたね。

まあとにかく、次の日は雨が降ってたんだけど、ケンジはざあざあ降りのなかを、西に疲れた母がいるから助けに行く、稲の束を濡れないところに運ぶのを手伝わないと、とか言って出かけていった。帰ってきたらもうびしょ濡れでさ、くしゃみはするし咳も出るし、けど、ちょっと詩を書きましたって言って朗読してくれて——どうやらこの男、詩とか童話とかも書くらしい。ほんとにすごい奴だよ。雨にも負けず人を助けようっていうような詩だった。コジマはまた例によって、自分の健康を危険にさらしてまで人のどうってことない仕事手伝うなんてまるっきり阿呆よ、とかズケズケ言ったんだけど、ケンジの奴いつもと同じにニッコリ笑って、一言エスペラントで "Tia idioto mi volas esti." (そういう阿呆に私はなりたい)と言っただけだった。

何せ森の中だからネットの接続もあんまりよくなくて、オリンピックがどうなってるかとか全然知らずにいられて幸いだったね。代わりにケンジが持ってる、市川崑の『東京オリンピック』のハイライト場面を編集した古いビデオを観た。そんなふうにしてある晩、例によってみんなで原始的なビデオモニターを囲んで、晩の薬草茶を飲みながら、チェコの女子体操選手ベラ・チャスラフスカの、至高の芸術としか言えない平均台演技のスローモーションをもう一度眺めた。美しいバレエの花びらが開いて閉じるのを、超高速度撮影したっていう感じ。ところが、モスクワ出のコジマが、また例によって、一九六四年はソ連の体操選手の方がずっと上だった、とか言い出した。俺が横から突っついてなんとか黙らせたよ。

そのあと、二人で月光の散歩と洒落て、川まで歩いていった。水面に星が映って、すごくキラキラして夢みたいで、じっと見ているうちに俺はうっかりつまずいて、もう少しで水に落ちるところをコジマが間一髪助けてくれた。帰り道、キノコを摘もうとしてかがみ込んだコジマが、蛇が見えたと思ってギャッと悲鳴を上げた。二人とも心臓ドキドキさせて藁葺き屋根の小屋に戻っていった。

と、突然、俺たち二人ともすごい腹ペコになって、おまけに酒が飲みたくてたまらなくなった。

それで、ケンジに教わってる夜のエスペラント授業を終えて帰るところのショーヘイをつかまえて、賄賂を握らせ、一番近い村のコンビニまで行って餃子と酒を買ってきてくれって頼んだ。ショーヘイが戻ってくると、コジマも俺もこっそりガツガツ食い、ガブガブ飲んだ。飲んでみろよ、とショーヘイにもちょっと酒をやった。俺は酔っ払ってた。ショーヘイもたちまち酔っ払った。今度こそ負かすチャンス、と思って月夜のバドミントン戦に挑んだ。ところがやっぱり負けた——まったくの惨敗！　どさっと草に倒れ込んで、朦朧とした頭で星空を見上げる俺に、コテンパンにしちゃってすいません、とショーヘイが謝った。で、ショーヘイもショーヘイでヒックとかしゃっくりして、あの、東京って何がいいんですか、と出し抜けに訊いてきた。

そして突然、原始的なヘルススパみたいな、なんにもない場所のただなかで、俺は東京が恋しくなった。東京タワーが恋しくて、有楽町の煙たいガード下が、銀座と渋谷のギラギラ光るネオンが恋しかった。ランタンの灯る居酒屋やラーメン屋の並ぶ横丁が、派手なコンビニフードが、時に悪趣味だったりする高層ビルが、二十世紀なかばのモダニズム建築のホテルが、公園や整然とした庭園が、圧倒されるしかないデパートの世界が、星空に照らされたずっと昔からある寺が、啞然とするほど時間どおりに動く静かで快適な地下鉄が恋しかった。東京のアホみたいな幽霊たち、半幽霊たち（俺たちみたいな）が恋しくて、素晴らしい東京の友人や仲間が、北野武のクレイジーなコマーシャルのドタバタが恋しくて、ろくでもない悪戯を仕掛けた俺の担当編集者まで恋しかった！　何もかもが、啓示のように、一気に俺の目の前に現われた。

東京の生活が俺は恋しかった！　そしていま、哀れ東京は苦しんでいる！

帰りたい、どんな状況だっていい、そう思って俺は赤ん坊みたいにわあわあ泣き出した！

ショーヘイはあわててケンジを呼びに行った。

『この人ねえ、酔っ払うとよくこうなるのよ』と、木の陰でこっそり煙草を喫っていたコジマが言った。

ケンジは俺を見下ろしていつものように静かに笑い、俺の肩をぽんと叩いた。『負けてはいけない、曲がりくねった道を共に歩く巡礼の徒よ』とケンジは言った。そしてもう一言。東京は明らかに、あなたの心深くに根を下ろしています——『あたしの心にも！』とコジマが叫ぶ——きっともう、帰る時なのです。

こんなに取り乱しちまって、まるっきり阿呆みたいな気分だよ、と俺は言った。

するとケンジは、エスペラントで答えた。“Tia idioto daŭre penu esti.”（そういう阿呆

に　なろうと努めなさい）

こうして俺たちは、銀河をシュッシュッと走る小さな星の列車に乗って南へ帰っていった。ケンジがコジマにくれた別れの贈り物は、緑のリボンを巻いたかぐわしい松の枝。そしてショーヘイが俺にくれたのは、ショーヘイのママのバドミントンチームのサイン入りサンバイザー。

東京に帰ると、いい感じのホテルに部屋がとれた。オリンピックが終わったあとも、観光は相変わらず下火なのだ。目黒川の川べりを俺たちはそぞろ歩く。たいていの晩は、新橋の古いオフィスビルの、贔屓の立ち飲み酒場にいる。ここ、開発業者の解体用の鉄球をいつまで逃れていられるだろう？　客はまばらで、このごろは大半が幽霊だ。閉店時間になると、俺は店員たちを手伝って、空瓶を詰めた箱を一緒に運ぶ。きっとあんたは言うだろうな、お前、そんなことやって、まるっきり阿呆だぞって。俺はそれに、静かに答えたいと思う。"Tia idioto mi volas esti." そういう阿呆に、私はなりたい……少なくともしばらくのあいだは。

いずれまた会う日まで――カンパイ！

「ったく、なぁにが idioto よ」本物のコジマが、ニューヨークで、私のうしろから画面を読みながら鼻を鳴らす。

それからコジマは、本気のうめき声を漏らす。

「ああ、恋しい、大好きな、苦しんでいる東京が、幽霊たちさえも」

謝辞

担当編集者の楠瀬啓之氏とのやりとりは望外の喜びだった。熱心な擁護者にして巧みな指導者たる氏はまた、東京とその豊かな文化のよき理解者でもある。彼がいなかったら、これらの物語は違ったものになっていただろう。

そしていつもと変わらず、コジマに愛と感謝を。

訳者あとがき

新型コロナウイルスの蔓延によって日常が大きく変化した中で、どれくらいの作家が、執筆中作品の構想の変更を迫られただろうか。

作家は己の想像力の深い底まで降りていって、そこから言葉を連れて帰ってくるのだから、現実が少しくらい変わったからといって作品が簡単に影響されるようでは駄目なのでは、という声も聞こえてきそうだ。

たしかにそうかもしれないが、この作品の場合、事情はいささか特殊である。なぜなら、『東京ゴースト・シティ』と題したこの本は、当初の構想段階から、現実世界の——具体的には二〇一九〜二〇年の東京の——日々の変遷をたどりつつ、そこにバリー・ユアグローという作者特有の奇想を盛り込んで化学変化を生じさせ、現実の東京とつながってはいるのだけれど決定的に違ってもいる「異形の東京」を生み出すことを意図していたからである。

作者と編集者のあいだでその構想が生まれたのが、作者本人が現実の東京を訪れた二〇一八年春。作者自身とそのパートナーが東京に滞在し、さまざまな人々（生者も死者も）に出会う物語。二〇一九年五月号から、新潮社PR誌「波」を舞台に、太宰治の「道化の華」に敬意を表して「オヤジギャグの華」と題した連載が開始され、予定としては、翌二〇二〇年真夏に現実の東京でオリンピック・パラリンピックが開催された時点で連載終了ということになっていた。連載開始時には、世界はまだ新型コロナウイルスなどというものを知らず、オリンピックに関しても、八月の酷暑の東京でマラソンが行なえるかどうか以上に深刻な問題などありえないと思えていた。

二〇二〇年春に世界が一変するとともに、「オヤジギャグの華」のトーンも変わっていった。もちろん元々、単に明るい話がオリンピック礼賛で締めくくられるという意向ではまったくなかった。諷刺の精神は当然あったし、東京の古い部分が失われていくことへの挽歌のような要素も当初から含まれていたわけだが、現実の様相が変わったことに伴って、奇想天外の、時には爆笑もののユーモアも保持しつつ、憂いを帯びた雰囲気がだんだんと強まっていった。オリンピック・パラリンピックが延期されたのにあわせて執筆期間も延長され（連載は二〇二一年一月号まで続いた）、最終章「その後の顚末」は、東京オリンピック開会式の五日後、二〇二一年七月二十八日に編集者・訳者の許に届いた（つまり、念のため確認すれば、作者がこの最終章に宮澤賢治――の幽霊――を招喚したとき、閉会式で賢治の「星めぐりの歌」が歌われることはまだ誰も知らなかった）。

このように、発想当初とは違う本になったことが、結果的には大きなプラスになったと言っていいと思う。現実の変容にあわせて、いわば途中で本が生まれ変わっていく流れが、実はこの本を読んでいく中での主要な面白さのひとつなのである。

そして、もうひとつこの本を魅力的にしているのは、作者バリー・ユアグローの、映画、小説、風俗、そして食文化など多岐にわたる日本文化への深い愛情である。北野武や深作欣二の映画への、畏怖というに近い傾倒。荷風、太宰、三島らかつての文士が持っていたオーラのようなものに対する敬意。居酒屋やコンビニの提供する飲食物のみならず、そこを包む空気そのものを慈しもうとする姿勢。川上未映子に華のある文学的同志を見出し、都築響一にB級文化愛仲間を見出す。これまでの作品でユアグローは、旅人が異国の地へ行ってロマンチックな思い込みを破壊される、いわばオリエンタリズムが滑稽に破綻する瞬間をくり返し描いてきたが、『ケータイ・ストーリーズ』から始まった日本文化との関わりは、さらに多様で豊かな物語をもたらしている。

物語の中では東京滞在を延ばしつづけているユアグローだが、現実の彼はパートナーのコジマ（と、謝辞で用いている名をここでも使うことにしよう）とともに二〇一八年の四月から五月にかけて東京に滞在し、その後はニューヨークから東京の動向を追った。むろんその間、コロナ禍以前とは激変した日常がニューヨークに出現した。特に彼の住むクイーンズのジャクソン・ハイツは、コロナの「震源地」とまで言われたエルムハースト病院からわずか六ブロック（Google マップによれば歩いて十三分）のところにあり、封鎖された都市にあって毎日多数の死者が出るなか、ひところは一日中サイレンの音が聞こえる苛酷な日々が続いた。

当時の状況を本人がふり返った文章は、文芸ウェブサイト *Literary Hub* に掲載され、日本語訳（拙訳）は新潮社の Web マガジン「考える人」で読むことができる（https://kangaeruhito.jp/article/19548）。また、こうした状況を生きることの恐ろしさや不安を文学的に昇華させた作品をユアグローは二〇二〇年四月から五月、まさに恐怖の只中にあった時期に執筆し、これは小さな作品集『ボッティチェリ　疫病の時代の寓話』に結実した。この『東京ゴースト・シティ』とあわせてお読みいただけば、未曾有の異常事態を作家がどう生きたかが、非常に興味深い形で見えてくると思う（『ボッティチェリ』は一部書店と、版元ignition gallery ウェブサイトで販売中 https://ignitiongallery.tumblr.com/）。

バリー・ユアグローのこれまでの主な著作は以下のとおり。邦訳は特記なき限り柴田訳。

A Man Jumps Out of an Airplane（1984）
Wearing Dad's Head（1987）
〔以上二冊を日本では合本で『一人の男が飛行機から飛び降りる』として刊行、新潮文庫〕
The Sadness of Sex（1995）『セックスの哀しみ』（白水Uブックス）
Haunted Traveller: An Imaginary Memoir（1999）『憑かれた旅人』（新潮社）
My Curious Uncle Dudley（2004）『ぼくの不思議なダドリーおじさん』（坂野由紀子訳、白水社）
『ケータイ・ストーリーズ』（2005、新潮社）
NASTYbook（2005）『たちの悪い話』（新潮社）
Another NASTYbook: The Curse of the Tweeties（2006）
Yet Another NASTYbook: MiniNasties（2007、『ケータイ・ストーリーズ』アメリカ版）

『真夜中のギャングたち』（2010、ヴィレッジブックス）
『ボッティチェリ　疫病の時代の寓話』（2020、ignition gallery）

はじめの方でも触れたが、この作品は元々、作者ユアグロー氏と新潮社「波」編集長の楠《くす》瀬《のせ》啓之《ひろゆき》さんが二人で構想したものである。訳者としては、ただ単に、毎月届く原稿を嬉々として訳していればよかった。コロナ禍とともに本の構想も大きく変化していくなか、楠瀬さんはきわめて臨機応変かつクリエイティブに対応なさり、ありうる最良の形に本書を導いていった。第二の著者といっても過言ではない。

コロナ禍にどう向きあうか、誰もが迷い、釈然としない思いを抱えているなかで、この本は問題全体を斬新かつ刺激的に相対化してくれます、と「効用」を謳うこともできるかもしれない。だが『東京ゴースト・シティ』は、何よりもまず、とびきり楽しい、味わい深い、時に切ない、時に感動的な物語である。多くの方に読んでいただけますように。

二〇二一年八月　　訳者

装画・挿画
100% ORANGE

初出
「波」2019年５月号～2021年１月号（「オヤジギャグの華」を改題）
「その22　その後の顛末」は書き下ろし

TOKYO GHOST CITY
by Barry Yourgrau

Japanese translation published by arrangement with Barry Yourgrau
through The English Agency (Japan) Ltd.

バリー・ユアグロー

南アフリカ生まれ、10歳のときアメリカへ移住した。『一人の男が飛行機から飛び降りる』『たちの悪い話』『ケータイ・ストーリーズ』（いずれも柴田元幸訳、新潮社刊）など、詩的で白日夢のごとき超短篇で知られる。現在はニューヨーク市クイーンズ区ジャクソン・ハイツ在住。当地での苛烈なコロナ禍の体験が、前作『ボッティチェリ　疫病の時代の寓話』（2020年、柴田訳で ignition gallery 刊）および本書に活かされている。

柴田元幸

東京生まれ。米文学者・東京大学名誉教授・翻訳家。『生半可な學者』で講談社エッセイ賞、『アメリカン・ナルシス』でサントリー学芸賞、『メイスン＆ディクスン』（トマス・ピンチョン著）で日本翻訳文化賞、翻訳の業績により早稲田大学坪内逍遙大賞を受賞。アメリカ現代文学を精力的に翻訳するほか著書多数、また文芸誌「MONKEY」の責任編集も務める。

Tokyo Ghost City

Barry Yourgrau

東京《とうきょう》ゴースト・シティ

著　者

バリー・ユアグロー

訳　者

柴田元幸

発　行

2021年9月25日

発行者　佐藤隆信

発行所　株式会社新潮社

〒162-8711　東京都新宿区矢来町71

電話　編集部　03-3266-5411

読者係　03-3266-5111

https://www.shinchosha.co.jp

装幀　新潮社装幀室

印刷所

大日本印刷株式会社

製本所

大口製本印刷株式会社

乱丁・落丁本は、ご面倒ですが小社読者係宛お送り下さい。
送料小社負担にてお取替えいたします。
価格はカバーに表示してあります。

Printed in Japan

ISBN978-4-10-533405-5 C0097

〈トマス・ピンチョン全小説〉

メイスン＆ディクスン（上・下）

トマス・ピンチョン
柴田元幸訳

新大陸に線を引け！　ときは独立戦争直前、二人の天文学者によるアメリカ測量珍道中が始まる——。現代世界文学の最高峰に君臨し続ける超弩級作家の新たなる代表作。

ブルックリン・フォリーズ

ポール・オースター
柴田元幸訳

ドジでも大丈夫。幸せは思いがけないところから転りこんでくる——オースターならではの、ウィットに富んだブルックリン讃歌。9・11直前までの日々。感動の長編。

写字室の旅

ポール・オースター
柴田元幸訳

奇妙な老人ミスター・ブランクが奇妙な部屋にいる——。かつてオースター作品に登場した人物が次々に訪れる、未来のオースターをめぐる自伝的作品。闇と希望の物語。

闇の中の男

ポール・オースター
柴田元幸訳

ある男が目を覚ますとそこは9・11が起きなかった21世紀のアメリカ——全米各紙でオースターのベスト・ブック、年間のベスト・ブックと絶賛された、感動的長編。

冬の日誌

ポール・オースター
柴田元幸訳

幼いころの大けが。性の目覚め。パリでの貧乏暮らし。妻との出会い。住んだ家々。母の死——。人生の冬にさしかかった作家による、身体をめぐる温かな回想録。

内面からの報告書

ポール・オースター
柴田元幸訳

胸を揺さぶった映画。父の小さな嘘。憧れのヒーローたち。アメリカ人であること。元妻リディアへの若き日の手紙。『冬の日誌』と対を成す、精神をめぐる回想録。

インヴィジブル

ポール・オースター
柴田元幸訳

男が書き残したのは、彼の本当の人生だったのか？ ニューヨークからパリへ、そしてカリブ海へ。章ごとに異なる声で語られる、ある男の人生。新境地を拓く長篇小説。

サンセット・パーク

ポール・オースター
柴田元幸訳

大不況下のブルックリンで廃屋に不法居住する四人の男女。それぞれの苦悩を抱えつつ、不確かな未来へと歩み出す若者たちのリアルを描く、愛と葛藤と再生の群像劇。

神秘大通り（上・下）

ジョン・アーヴィング
小竹由美子訳

メキシコのゴミ捨て場育ちの作家が、古い約束を果たすため、NYからマニラへと旅に出る。道連れは、怪しく美しい謎の母娘。25年越しの大長篇、ついに完成！

その名を暴け

#MeTooに火をつけたジャーナリストたちの闘い

ジョディ・カンター
ミーガン・トゥーイー
古屋美登里訳

ピュリッツァー賞受賞！ 有名映画プロデューサー、ハーヴェイ・ワインスタインの性的虐待の数々。その事実を炙り出し、世界を動かした調査報道の軌跡を描く。

黒澤明の羅生門

フィルムに籠めた告白と鎮魂

ポール・アンドラ
北村匡平訳

大震災と戦後の惨状、兄の自死など監督の個人的な体験を不朽の名作に昇華させた苦渋と希望の過程を読み解く、世界初の試み。コロンビア大学教授による決定版映画論。

ジャックポット

筒井康隆

今日も世界中で「大当り《ジャックポット》」！ コロナ、戦争、文学、ジャズ、映画、嫌民主主義、そして息子の死――。かつてなく「筒井康隆の成り立ち方」を明かす超＝私小説爆誕！